U0079318

Go-Go-Go! 萬裡挑一！讓你再也不會怎麼辦怎麼辦的 菜英文

Basic English Speaking for You

基礎實用篇

國家圖書館出版品預行編目資料

萬裡挑一！讓你再也不會怎麼辦怎麼辦的菜英文
　基礎實用篇 / 雅典英研所著
-- 初版. -- 新北市：雅典文化，民112.06
　　面；　公分. --（全民學英文；69）
　　ISBN 978-626-7245-16-3（平裝）

1. CST：英語　　2. CST：讀本

805.18　　　　　　　　　　112006000

全民學英文系列 **69**

萬裡挑一！讓你再也不會怎麼辦怎麼辦的菜英文 基礎實用篇

著／雅典英研所
責任編輯／張瑜凌
美術編輯／鄭孝儀
封面設計／林鈺恆

掃描填回函
好書隨時抽

法律顧問：方圓法律事務所／涂成樞律師

總經銷：永續圖書有限公司
永續圖書線上購物網
www.foreverbooks.com.tw

出版日／2023年06月

ａ雅典文化

出
版
社

22103　新北市汐止區大同路三段194號9樓之1
　　　TEL　（02）8647-3663
　　　FAX　（02）8647-3660

track 001

 問候

你好嗎？
How are you?
好　阿　優

•急用會話•

Ⓐ 你好嗎？
How are you?
好　阿　優

Ⓑ 我很好。
I'm all right.
愛門 歐 軟特

• •

Ⓐ 你好嗎？
How are you?
好　阿　優

Ⓑ 很好啊！就和往常一樣！
Fine, like always.
凡　賴克 歐維斯

001 **track** 跨頁共同導讀

 好久不見

好久不見了！
Long time no see.
　龍　　太ㄇ　弄　吸

● 急用會話 ●

Ⓐ 好久不見了！

Long time no see.
　龍　太ㄇ　弄　吸

Ⓑ 很高興再次見到你。

I'm glad to see you again.
愛門 葛雷得 兔 吸　優　愛乾

. . . .

Ⓐ 好久不見了！

Long time no see.
　龍　太ㄇ　弄　吸

Ⓑ 大衛！學校過得怎麼樣？

David! So, how's school?
大衛　蒐　好撕　撕褲兒

track 002

急用例句 近來的狀況

近來好嗎？
How's it been going?
好撕 一特 兵　勾引

●急用會話●

Ⓐ 近來好嗎？
How's it been going?
好撕 一特 兵　勾引

Ⓑ 很好。
Very well.
肥瑞　威爾

●●●●●●●●●●●●●●●●●●●●●●●●●

Ⓐ 近來好嗎？
How's it been going?
好撕 一特 兵　勾引

Ⓑ 馬馬虎虎！
Just so-so.
賈斯特 蒐蒐

急用 例句 關心對方

你還好吧?
Are you OK?
阿　優　OK

●急用會話●

Ⓐ 你還好吧?

Are you OK?
阿　優　OK

Ⓑ 就和以前一樣好啊!

Fine as ever.
凡　ㄟ斯 A模

. . . .

Ⓐ 你還好吧?

Are you OK?
阿　優　OK

Ⓑ 現在這讓我覺得好多了!

It makes me feel much better now.
一特 妹克斯密 非兒 罵區 杯特 惱

track 03

急用
例句 **對方發生什麼事**

你怎麼了？
What's the matter with you?
華資　勒　妹特耳　位斯　優

●急用會話●

Ⓐ 你怎麼了？

What's the matter with you?
華資　勒　妹特耳　位斯　優

Ⓑ 我就是覺得不舒服。

I just feel sick.
愛 賈斯特 非兒 西客

Ⓐ 你怎麼了？

What's the matter with you?
華資　勒　妹特耳　位斯　優

Ⓑ 我的胃很痛！

My stomach hurts.
買 司他磨A克 赫ㄊ

003 track 跨頁共同導讀

 急用例句 **發生何事**

有什麼事？
What's wrong?
華資　　弄

● 急用會話 ●

Ⓐ 有什麼事？

What's wrong?
華資　弄

Ⓑ 他還不想定下來。

He doesn't want to go steady.
ㄏ一　得任　忘特　兔購　斯得低

• •

Ⓐ 有什麼事？

What's wrong?
華資　弄

Ⓑ 我可以換一個嗎？

Can I have it replaced?
肯　愛　黑夫　一特　瑞不來斯的

track 004

急用
例句　**問題是什麼**

有什麼問題嗎？
What's the problem?
　華資　　勒　　撲拉本

● 急用會話

 有什麼問題嗎？

What's the problem?
　華資　　勒　　撲拉本

Ⓑ 我把自己反鎖在外了。

I locked myself out.
　愛 辣課的 買塞兒夫 四特

• •

Ⓐ 有什麼問題嗎？

What's the problem?
　華資　　勒　　撲拉本

Ⓑ 我找不到另一個。

I can't find another one.
　愛 肯特 煩的　安娜餌　萬

急用例句 氣色不錯

你看起來氣色不錯喔！
You look great.
優 路克 鬼雷特

●急用會話●

Ⓐ 你看起來氣色不錯喔！

You look great.
優 路克 鬼雷特

Ⓑ 我已經戒菸了！

I just stop smoking.
愛 賈斯特 司踏不 斯墨客引

• • • • • • • • • • • • • • • • • • • •

Ⓐ 你看起來氣色不錯喔！

You look great.
優 路克 鬼雷特

Ⓑ 我變得比較瘦了！

I'm gotting thinner.
愛門 給聽 醒了

track 005

急用
例句 **氣色不好**

你看起來糟糕透了！
You look terrible.
優　路克　太蘿蔔

急用會話

Ⓐ 你看起來糟糕透了！

You look terrible.
優　路克　太蘿蔔

Ⓑ 你管好你自己就好！我很好！

You worry about yourself. I'm fine.
優　窩瑞　爺寶兒 幼兒塞兒夫 愛門 凡

• •

Ⓐ 你看起來糟糕透了！

You look terrible.
優　路克　太蘿蔔

Ⓑ 我和瑪姬分手了！

I broke up with Maggie.
愛 不羅客 阿鋪 位斯 瑪姬

急用例句 沮喪

你看起來很沮喪耶！
You look upset.
優 路克 阿鋪塞特

● 急用會話 ●

Ⓐ 你看起來很沮喪耶！

You look upset.

優 路克 阿鋪塞特

Ⓑ 我的壓力很大。

I'm under a lot of pressure.

愛門 骯得 亡 落的 歐夫 鋪來揪

• •

Ⓐ 你看起來很沮喪耶！

You look upset.

優 路克 阿鋪塞特

Ⓑ 感謝你的關心。

I appreciate your concern.

愛 A鋪西ㄟ特 幼兒 康捨

track 006

急用例句 外貌

我看起來如何？
How do I look?
好　賭愛　路克

●急用會話●

Ⓐ 我看起來如何？
How do I look?
好　賭愛　路克

Ⓑ 你看起來好漂亮。
You look great.
優　路克　鬼雷特

● ●

Ⓐ 我看起來如何？
How do I look?
好　賭愛　路克

Ⓑ 很好啊！
Good.
估的

急用例句 詢問意見

你覺得如何？
What do you think of it?
華特 睹 優 施恩客 歐夫 一特

● **急用會話**

Ⓐ 你覺得如何？

What do you think of it?
華特 睹 優 施恩客 歐夫 一特

Ⓑ 不夠好！

Not good enough.
那 佑的 A那夫

· ·

Ⓐ 你覺得如何？

What do you think of it?
華特 睹 優 施恩客 歐夫 一特

Ⓑ 這個很划算！

It's worth it.
依次 臥施 一特

track 007

急用例句　知悉某事

你知不知道這件事？

Do you have any idea about it?

賭　優　黑夫　安尼　愛滴兒　爺寶兒　一特

● 急用會話 ●

Ⓐ 你知不知道這件事？

Do you have any idea about it?

賭　優　黑夫　安尼　愛滴兒　爺寶兒　一特

Ⓑ 事情不是你想像的這樣！

This is not what you thought.

利斯　意思那　華特　優　收特

● ● ● ● ● ● ● ● ● ● ● ● ● ● ● ● ● ● ●

Ⓐ 你知不知道這件事？

Do you have any idea about it?

賭　優　黑夫　安尼　愛滴兒　爺寶兒　一特

Ⓑ 我不知道。

I have no idea.

愛　黑夫　弄　愛滴兒

思考

你有思考過這件事嗎？

Have you been thinking about it?

黑夫　優　兵　　施恩慶　爺寶兒 一特

● 急用會話 ●

Ⓐ 你有思考過這件事嗎？

Have you been thinking about it?

黑夫　優　兵　　施恩慶　爺寶兒 一特

Ⓑ 我一直都在思考！

All the time.

歐 勒 太口

● ● ● ● ● ● ● ● ● ● ● ● ● ● ● ● ● ●

Ⓐ 你有思考過這件事嗎？

Have you been thinking about it?

黑夫　優　兵　　施恩慶　爺寶兒 一特

Ⓑ 現在這是什麼問題啊？

Now what kind of question is that?

惱　華特 砍特 歐夫 魁私去 意思 類

急用
例句 **多加考慮**

你要多想一想！

You got a lot of thinking to do.

優　咖　亡落的 歐夫 施恩慶　兔　賭

● **急用會話** ●

Ⓐ 你為什麼要告訴我這些事？

Why are you telling me all this?

壞　阿　優　太耳因　密 歐利斯

Ⓑ 你要多想一想！

You got a lot of thinking to do.

優　咖　亡 落的 歐夫 施恩慶 兔 賭

• • • • • • • • • • • • • • • • • • • •

Ⓐ 你要多想一想！

You got a lot of thinking to do.

優　咖　亡 落的 歐夫 施恩慶 兔 賭

Ⓑ 我可以自己獨力完成。

I can make it on my own.

愛肯　妹克 一特忘買　翁

急用例句 **如何打算**

你打算怎麼辦？

What are you going to do?

華特　阿　優　勾引　兔賭

急用會話

Ⓐ 你打算怎麼辦？

What are you going to do?

華特　阿　優　勾引　兔賭

Ⓑ 我明年要上大學。

I'm going to college next year.

愛門 勾引 兔 卡裡居 耐司特 一耳

• • • • • • • • • • • • • • • • • • •

Ⓐ 我自己可以處理得好。

I can handle it all by myself.

愛肯　和斗 一特 歐 百 買塞兒夫

Ⓑ 你打算怎麼辦？

What are you going to do!

華特　阿　優　勾引　兔賭

track 009

急用例句　確認對方的想法

你真的這麼認為？
You do think so?
優　賭　施恩客　蒐

●急用會話●

Ⓐ 我就是這個意思。

It's what I mean.
依次　華特　愛　密

Ⓑ 你真的這麼認為？

You do think so?
優　賭　施恩客　蒐

● ● ● ● ● ● ● ● ● ● ● ● ● ● ● ● ● ● ● ●

Ⓐ 這場比賽真是爛！

This game sucks.
利斯　給門　薩客司

Ⓑ 你真的這麼認為？

You do think so?
優　賭　施恩客　蒐

009 **track** 跨頁共同導讀

 持不同的想法

我不這麼認為。

I don't think so.

愛 動特 施恩客 蒐

●急用會話●

Ⓐ 女孩子，坐下！我們得要談一談。

Sit down, girl, we got to talk.

西 黨 哥樓 屋依咖 兔透克

Ⓑ 我不這麼認為。

I don't think so.

愛 動特 施恩客 蒐

●●●●●●●●●●●●●●●●●●●●●●

Ⓐ 這不是我的錯。

It's not my fault.

依次 那 買 佛特

Ⓑ 我不這麼認為。

I don't think so.

愛 動特 施恩客 蒐

track 010

急用例句 對方言論的原因

你怎麼會這麼說？

What makes you say so?

華特　妹克斯　優　塞蒐

●急用會話

Ⓐ 你太過分了！

You've gone too far!

優夫　槓　兔罰

Ⓑ 你怎麼會這麼説？

What makes you say so?

華特　妹克斯　優　塞蒐

. . . .

Ⓐ 你以為你是誰？

Who do you think you are?

乎　賭　優　施恩客　優　阿

Ⓑ 你怎麼會這麼説？

What makes you say so?

華特　妹克斯　優　塞蒐

急用例句 **提供考慮**

你覺得這一個如何？
How about this one?
好　爺寶兒　利斯　萬

● 急用會話 ●

Ⓐ 你覺得這一個如何？
How about this one?
　好　爺寶兒 利斯 萬

Ⓑ 沒有那麼好。
Not so good.
　那　蒐　估的

Ⓐ 你覺得這一個如何？
How about this one?
　好　爺寶兒 利斯 萬

Ⓑ 我怎麼會知道？
How should I know!
　好　秀得　愛弄

track 011

急用
例句 **處理的方法**

你要如何處理這件事？
How do you deal with it?
好　睹　優　低兒　位斯一特

●急用會話●

Ⓐ 你要如何處理這件事？

How do you deal with it?
好　睹　優　低兒　位斯一特

Ⓑ 對不起，我不清楚！

Sorry, I don't know.
蒐瑞　愛　動特　弄

• • • • • • • • • • • • • • • • • • • •

Ⓐ 你要如何處理這件事？

How do you deal with it?
好　睹　優　低兒　位斯一特

Ⓑ 你有什麼建議？

What would you recommend?
華特　屋糾　端卡曼得

011 track 跨頁共同導讀

急用例句 **如何評論**

你怎麼說呢？
What do you say?
華特 賭 優 塞

• 急用會話 •

Ⓐ 你怎麼說呢？

What do you say?
華特 賭 優 塞

Ⓑ 我們很快就知道了！

We'll find out shortly.
威爾 煩的 凹特 秀的裡

• •

Ⓐ 你怎麼說呢？

What do you say?
華特 賭 優 塞

Ⓑ 不要指望我！

Don't look at me.
動特 路克 ㄟ 密

track 012

急用例句 其他人的想法

其他人會怎麼想？

What will others think?

華特　我　阿樂斯　施恩客

●急用會話●

Ⓐ 其他人會怎麼想？

What will others think?

華特　我　阿樂斯 施恩客

Ⓑ 我怎麼會知道？

How should I know?

好　秀得　愛　弄

⋯⋯⋯⋯⋯⋯⋯⋯⋯⋯⋯⋯

Ⓐ 已成定局了！

The dice is cast!

勒　待西　意思　看司

Ⓑ 其他人會怎麼想？

What will others think?

華特　我　阿樂斯 施恩客

質疑

為什麼？
Why?
壞

● 急用會話 ●

Ⓐ 這沒有什麼差別。

That makes no difference.
類　妹克斯　弄　低粉斯

Ⓑ 為什麼？

Why?
壞

- -

Ⓐ 你今晚可以加班嗎？

Could you work overtime tonight?
苦糾　臥克　歐佛太ㄇ　特耐

Ⓑ 為什麼？

Why?
壞

track 013

急用例句 否定的原因

為什麼不要？
Why not?
壞　那

●急用會話●

Ⓐ 不要告訴其他人。

Don't tell anyone else.

動特　太耳　安尼萬　愛耳司

Ⓑ 為什麼不要？

Why not?

壞　那

• • • • • • • • • • • • • • • • • • • •

Ⓐ 我無法在兩個星期的時間內完成。

I can't make it in two weeks.

愛 肯特 妹克 一特 引 凸 屋一克斯

Ⓑ 為什麼不行？

Why not?

壞　那

是否當真

你是認真的嗎？
Are you serious?
阿　優　西瑞耳司

●急用會話●

Ⓐ 我可以自己處理好的。

I can handle it all by myself.
愛肯　和斗 一特 歐 百 買塞兒夫

Ⓑ 你是認真的嗎？

Are you serious?
阿　優　西瑞耳司

- -

Ⓐ 我無意引起對立。

I didn't mean to cause any offense.
愛 低等　密　兔　寇司　安尼　歐凡絲

Ⓑ 你是認真的嗎？

Are you serious?
阿　優　西瑞耳司

track 014

急用例句 認真的態度

我是認真的。
I'm serious.
愛門 西瑞耳司

●急用會話●

Ⓐ 我是認真的。

I'm serious.

愛門 西瑞耳司

Ⓑ 是關於什麼事？

About what?

爺寶兒 華特

. . . .

Ⓐ 我是認真的。

I'm serious.

愛門 西瑞耳司

Ⓑ 對你來說是好事！

Good for you.

估 的 佛 優

急用
例句 挑釁

那又怎樣？
So what?
蒐 華特

●急用會話●

Ⓐ 時間會證明一切的。

Time will tell.

太ㄇ 我 太耳

Ⓑ 那又怎樣？

So what?

蒐 華特

● ● ● ● ● ● ● ● ● ● ● ● ● ● ● ● ● ● ● ●

Ⓐ 好機會！

It's a good opportunity!

依次 亢 估的 阿婆兔耐替

Ⓑ 那又怎樣？

So what?

蒐 華特

track 015

急用例句 行為的原因

你為什麼要這麼做？
Why did you do that?
　壞　低　優　賭　類

●急用會話●

🅐 我有試著要闖進他家。

I tried to break into his house.
愛　踹的　兔　不來客　引兔　厂一斯　號斯

🅑 你為什麼要這麼做？

Why did you do that?
　壞　低　優　賭　類

● ● ● ● ● ● ● ● ● ● ● ● ● ● ● ● ● ● ●

🅐 我有告訴崔西所有的事。

I told Tracy all about this.
愛　透得　崔西　歐　爺寶兒　利斯

🅑 你為什麼要這麼做？

Why did you do that?
　壞　低　優　賭　類

015 track 跨頁共同導讀

質疑行為不恰當

你怎麼能這麼做？
How could you do that?
好　　苦糾　賭　類

●急用會話●

Ⓐ 看我做的！

Look what I've done.
路克　華特　愛夫　檔

Ⓑ 你怎麼能這麼做？

How could you do that?
好　　苦糾　賭　類

- - - - - - - - - - - - - - - - - - - -

Ⓐ 我闖進他家。

I broke into his house.
愛　不羅客　引兔　厂一斯　號斯

Ⓑ 你怎麼能這麼做？

How could you do that?
好　　苦糾　賭　類

track 016

急用
例句　**說對了**

你說對了！
You can say that again.
優　肯　塞　類　愛乾

●急用會話●

Ⓐ 他是一個頑固的人。

He is a stubborn man.
ㄏㄧ 意思 ㄝ 斯大繡 賣せ

Ⓑ 你說對了！

You can say that again.
優　肯　塞　類　愛乾

- -

Ⓐ 她很愛搬弄是非。

She is a gossip.
需 意思 ㄝ 卡司屁

Ⓑ 你說對了！

You can say that again.
優　肯　塞　類　愛乾

急用
例句
保守秘密

我的口風很緊。
I always keep my mouth shut.
愛 歐維斯 機舖 買 冒失 下特

●急用會話●

Ⓐ 不要告訴其他人。

Don't tell anyone else.
動特 太耳 安尼萬 愛耳司

Ⓑ 我的口風很緊。

I always keep my mouth shut.
愛 歐維斯 機舖 買 冒失 下特

● ●

Ⓐ 你知道嗎？我有一個秘密。

You know what? I have a secret.
優 弄 華特 愛黑夫 亡 西鬼特

Ⓑ 我的口風很緊。

I always keep my mouth shut.
愛 歐維斯 機舖 買 冒失 下特

track 017

急用 可以做得到

我可以。
That's fine by me.
類茲　凡　百　密

●急用會話●

Ⓐ 我希望大家準時抵達。

I hope everyone arrives on time.

愛 厚ㄆ 衰褪瑞萬　阿瑞夫斯 忘 太ㄇ

Ⓑ 我可以。

That's fine by me.

類茲　凡　百　密

Ⓐ 你可以幫我處理一下這件事嗎？

Can you take care of this for me?

肯　優 坦克 卡耳 歐夫 利斯 佛 密

Ⓑ 我可以。

That's fine by me.

類茲　凡　百　密

017 **track** 跨頁共同導讀

 急用例句 非常認同

我完全同意。

I couldn't agree more.

愛　庫鄧　　阿鬼　摩爾

● 急用會話 ●

Ⓐ 我完全同意。

I couldn't agree more.

愛　庫鄧　　阿鬼　摩爾

Ⓑ 你真他媽對了。

You are God damn right.

優　阿　咖的　等　軟特

● ● ● ● ● ● ● ● ● ● ● ● ● ● ● ● ● ● ● ●

Ⓐ 我們明天晚上就要離開。

We have to leave tomorrow night.

屋依　黑夫　兔　力夫　特媽樓　　耐特

Ⓑ 我完全同意。

I couldn't agree more.

愛　庫鄧　　阿鬼　摩爾

track 018

急用
例句 **同意對方的意見**

我同意你的意見。

I agree with you.

愛　阿鬼　位斯　優

●急用會話●

● ● ● ● ● ● ● ● ● ● ● ● ● ● ● ● ●

Ⓐ 我們會去大衛的家。

We'll go over to David's place.

屋依我　購　歐佛　兔　大衛斯　不來斯

Ⓑ 我同意你的意見。

I agree with you.

愛　阿鬼　位斯　優

● ● ● ● ● ● ● ● ● ● ● ● ● ● ● ● ●

Ⓐ 你確定嗎？

Are you sure?

阿　優　秀

Ⓑ 我同意你的意見。

I agree with you.

愛　阿鬼　位斯　優

018 **track** 跨頁共同導讀

 非常不認同

我絕對不同意。

I couldn't agree less.
愛　庫鄧　　阿鬼　賴斯

●急用會話●

Ⓐ 我絕對不同意。

I couldn't agree less.
愛　庫鄧　　阿鬼　賴斯

Ⓑ 為什麼不同意？

Why not?
壞　那

● ●

Ⓐ 我絕對不同意。

I couldn't agree less.
愛　庫鄧　　阿鬼　賴斯

Ⓓ 那又怎麼樣？

So what?
蒐　華特

track 019

急用
例句 **不在意對方的說詞**

你說怎麼樣就怎麼樣。

Anything you say.

安尼性　　優　塞

● 急用會話 ●

Ⓐ 他會清理乾淨。

He'll clean it up.

ㄏ一我 客寧 一特 阿鋪

Ⓑ 你說怎麼樣就怎麼樣。

Anything you say.

安尼性　　優　塞

. . . .

Ⓐ 我們需要談一談！

We got to talk.

屋依 咖 兔 透克

Ⓑ 你說怎麼樣就怎麼樣。

Anything you say.

安尼性　　優　塞

急用
例句

遵從對方的決定

悉聽尊便。

As you wish.

ㄟ斯 優 胃虛

● 急用會話 ●

Ⓐ 不要這樣說。

Don't say that.

動特 塞 類

Ⓑ 悉聽尊便。

As you wish.

ㄟ斯 優 胃虛

● ● ● ● ● ● ● ● ● ● ● ● ● ● ● ● ● ● ●

Ⓐ 孩子,回去你的房間。

Go to your room, kid.

購 兔 幼兒 入門 ㄎㄧ的

Ⓑ 悉聽尊便。

As you wish.

ㄟ斯 優 胃虛

track 020

> **急用例句** 少管閒事

你少管閒事。
It's none of your business.
依次　那　歐夫　幼兒　逼斯泥斯

●急用會話

Ⓐ 我把你看透了！

I can read you like an open book.
愛肯　瑞　優　賴克恩　歐盆　不克

Ⓑ 你少管閒事。

It's none of your business.
依次　那　歐夫 幼兒　逼斯泥斯

・・・・・・・・・・・・・・・・・・・・

Ⓐ 你打算怎麼做？

What are you going to do?
華特　阿　優　勾引　兔　賭

Ⓑ 你少管閒事。

It's none of your business.
依次　那　歐夫 幼兒　逼斯泥斯

急用
例句 **別打歪主意**

你想都別想！
Don't even think about it.
動特　依悶　施恩客　爺寶兒　一特

●急用會話●

Ⓐ 我向你保證。

I give you my word for it.
愛寄　優　買　臥的　佛一特

Ⓑ 你想都別想！

Don't even think about it.
動特　依悶　施恩客　爺寶兒　一特

* *

Ⓐ 你想都別想！

Don't even think about it.
動特　依悶　施恩客　爺寶兒　一特

Ⓑ 隨便你！

I Ino!

凡

track 021

急用例句　無話可說

我無話可說。

I have nothing to say.

愛　黑夫　　那性　　兔　塞

●急用會話

Ⓐ 你有什麼建議？

What do you recommend?

華特　賭　優　　瑞卡曼得

Ⓑ 我無話可說。

I have nothing to say.

愛黑夫　那性　　兔　塞

＊＊＊＊＊＊＊＊＊＊＊＊＊＊＊＊＊＊＊＊＊

Ⓐ 真是太有道理了！

That makes perfect sense.

類　妹克斯　夕肥特　攝影師

Ⓑ 我無話可說。

I have nothing to say.

愛黑夫　那性　　兔　塞

021 **track** 跨頁共同導讀

 急用例句 **不想再聽了**

不要再說了！
Say no more.
塞　弄　摩爾

● 急用會話 ●

Ⓐ 天啊！

For God's sake.
佛　咖斯　賽課

Ⓑ 不要再說了！

Say no more.
塞　弄　摩爾

Ⓐ 我很抱歉對你所做的事。

I'm sorry for what I have done to you.
愛門 蒐瑞　佛 華特 愛 黑夫　檔　兔 優

Ⓑ 不要再說了！

Say no more.
塞　弄　摩爾

track 022

急用
例句 **省省力氣別說了**

別說了！
Save it.
賽夫 一特

●急用會話●

Ⓐ 為什麼你就不能相信她一次？

Why don't you believe her for once?
壞　動特　優　逼力福　喝佛　萬斯

Ⓑ 別說了！

Save it.
賽夫 一特

• •

Ⓐ 真是瘋狂！

It's insane.
依次　因深

Ⓑ 別說了！

Save it.
賽夫 一特

受夠了

夠了！

Enough!

Ａ那夫

● 急用會話 ●

Ⓐ 總而言之，你還是必須要道歉。

In short, you have to apologize.

引 秀的　優　黑夫 兔　Ａ怕樂宅日

Ⓑ 夠了！

Enough!

Ａ那夫

. . . .

Ⓐ 你怎麼就不能社交一次？

Why can't you be sociable for once?

壞　肯特　優 逼　瘦修伯　佛 萬斯

Ⓑ 夠了！

Enough!

Ａ那夫

track 023

急用
例句　**要求心智成熟**

你成熟點吧！
Grow up.
葛羅　阿鋪

●急用會話●

Ⓐ 關你屁事！

It's none of your business.

依次　那　歐夫　幼兒　逼斯泥斯

Ⓑ 你成熟點吧！

Grow up.

葛羅　阿鋪

● ●

Ⓐ 你以為你是誰？

Who do you think you are?

乎　賭　優　施恩客　優　阿

Ⓑ 你成熟點吧！

Grow up.

葛羅　阿鋪

急用
例句 **知道**

我知道!
I know.
愛 弄

● 急用會話 ●

Ⓐ 別逼她太甚!

Don't push her too much!

動特　舖需　喝　兔　馬區

Ⓑ 我知道!

I know.

愛 弄

● ● ● ● ● ● ● ● ● ● ● ● ● ● ● ● ● ● ● ●

Ⓐ 我覺得應該沒問題。

I guess that would be all right.

愛 給斯　類　屋　逼 歐 軟特

Ⓑ 我知道!

I know.

愛 弄

track 024

急用例句 不知道

我不知道。

I have no idea.

愛 黑夫 弄 愛滴兒

●急用會話●

Ⓐ 你知道如何到那裡嗎？

Do you know how to get there?

賭 優 弄 好 兔給特 淚兒

Ⓑ 我不知道。

I have no idea.

愛 黑夫 弄 愛滴兒

- -

Ⓐ 我們能即時抵達嗎？

Can we make il in lime?

肯 屋依 妹克 一特 引 太ㄇ

Ⓑ 我不知道。

I have no idea.

愛 黑夫 弄 愛滴兒

不知道特定事件

我不知道那件事。
I don't know about it.
愛 動特　弄　爺寶兒 一特

● 急用會話 ●

Ⓐ 也許他會被弄糊塗。

Maybe he'll get dizzy.
美批　厂一我 給特 低日

Ⓑ 我不知道那件事。

I don't know about it.
愛 動特　弄　爺寶兒 一特

* *

Ⓐ 你知道的事有多少？

How much do you know?
好　罵區　賭　優　弄

Ⓑ 我不知道那件事。

I don't know about it.
愛 動特　弄　爺寶兒 一特

track 025

急用
例句 **不想知道**

我不想要知道！
I don't want to know.
愛 動特　忘特　兔　弄

●急用會話●

Ⓐ 我們很快就知道了！

We'll find out soon!
威爾 煩的 凹特　訓

Ⓑ 我不想要知道！

I don't want to know.
愛 動特　忘特　兔　弄

● ●

Ⓐ 我不想要知道！

I don't want to know.
愛 動特　忘特　兔　弄

Ⓑ 隨便你！

Fine.
凡

如何會知道

我怎麼會知道？
How should I know?
好　秀得　愛　弄

● 急用會話 ●

Ⓐ 他們會怎麼做？

What are they going to do?
華特　阿　勒　勾引　兔　賭

Ⓑ 我怎麼會知道？

How should I know?
好　秀得　愛　弄

● ●

Ⓐ 你不覺得這個好嗎？

Don't you think this is good?
動特　優　施恩客　利斯　意思　估的

Ⓑ 我怎麼會知道？

How should I know?
好　秀得　愛　弄

track 026

急用例句 考倒了

考倒我了。

Beats me.

畢資　密

●急用會話●

Ⓐ 他到底想幹什麼？

What's he driving at?

華資　ㄏㄧ　轉冰　ㄟ

Ⓑ 考倒我了。

Beats me.

畢資　密

. . . .

Ⓐ 你有要去哪裡嗎？

Are you going anywhere?

阿　優　勾引　安尼　灰耳

Ⓑ 考倒我了。

Beats me.

畢資　密

026 **track** 跨頁共同導讀

 對方一無所知

你什麼也不知道。
You don't know anything.
優 動特 弄 安尼性

● 急用會話 ●

Ⓐ 我不知道。

I have no idea.
愛 黑夫 弄 愛滴兒

Ⓑ 你什麼也不知道。

You don't know anything.
優 動特 弄 安尼性

• •

Ⓐ 我能説什麼？

What can I say?
華特 肯 愛塞

Ⓑ 你什麼也不知道。

You don't know anything.
優 動特 弄 安尼性

track 027

急用
例句 **不用廢話**

還用得著你說。
You're telling me.
優矮　太耳因　密

●急用會話●

Ⓐ 真令人失望！

What a let down!
華特 亡勒 黨

Ⓑ 還用得著你說。

You're telling me.
優矮　太耳因　密

Ⓐ 你說對了。

You can say that again.
優 肯 塞 類 愛乾

Ⓑ 還用得著你說。

You're telling me.
優矮　太耳因　密

急用
例句 不要嘲諷

不要嘲笑我！

Don't make fun of me.

動特　妹克　放 歐夫 密

●急用會話●

Ⓐ 你喜歡她，對吧？

You do like her, don't you?

優 賭 賴克 喝　動特　優

Ⓑ 不要嘲笑我！

Don't make fun of me.

動特　妹克　放 歐夫 密

● ●

Ⓐ 你是永遠不會改變主意的。

You will never change your mind.

優 我 耐摩　勤居　幼兒 麥得

Ⓑ 不要嘲笑我！

Don't make fun of me.

動特　妹克　放 歐夫 密

track 028

急用例句 不要挖苦

別挖苦我了！
Don't tease me!
動特　踢絲　密

●急用會話●

Ⓐ 你要成熟點！

Grow up.

葛羅　阿鋪

Ⓑ 別挖苦我了！

Don't tease me!

動特　踢絲　密

. . . .

Ⓐ 別挖苦我了！

Don't tease me!

動特　踢絲　密

Ⓑ 但是我沒有這個意思啊！

But I didn't mean it.

霸特　愛　低等　密　一特

028 track 跨頁共同導讀

理解對方的意思

我懂了!

I got you.

愛 咖 優

● 急用會話 ●

Ⓐ 懂了嗎?

Understood?

航得史督

Ⓑ 我懂了!

I got you.

愛 咖 優

● ●

Ⓐ 你明白我的意思嗎?

Have you got that?

黑夫 優 咖 類

Ⓑ 我懂了!

I got you.

愛 咖 優

track 029

急用
例句 **明白**

我明白了！
I see.
愛 吸

● 急用會話 ●

Ⓐ 我不想聽！
I don't want to hear it.
愛 動特 忘特 兔 厂一爾 一特

Ⓑ 我明白了！
I see.
愛 吸

Ⓐ 他説的話你不能相信！
You can't believe a word he said.
優 肯特 逼力福 さ 臥的 厂一 曬得

Ⓑ 我明白了！
I see.
愛 吸

急用例句　了解

我能理解。

I understand.

愛　骯得史丹

●急用會話●

Ⓐ 我不是那個意思。

It's not what I meant.

依次 那 華特 愛 密特

Ⓑ 我能理解。

I understand.

愛 骯得史丹

Ⓐ 這場比賽真是爛透了！

This game sucks.

利斯 給門 薩客司

Ⓑ 我能理解！

I undorotand.

愛 骯得史丹

track 030

急用例句 自我清楚闡釋

我說得夠清楚了嗎？

Do I make myself clear?

睹 愛 妹克 買塞兒夫 克里兒

●急用會話●

🅐 我說得夠清楚了嗎？

Do I make myself clear?

睹 愛 妹克 買塞兒夫 克里兒

🅑 我不懂。

I don't get it.

愛 動特 給特 一特

🅐 我說得夠清楚了嗎？

Do I make myself clear?

睹 愛 妹克 買塞兒夫 克里兒

🅑 你說什麼？

Say again?

塞 愛乾

0
7
8

030 track 跨頁共同導讀

 早應該知道

我早就知道。
I knew it.
愛 紐 一特

● 急用會話 ●

Ⓐ 是的，是我做的。

　Yes, I did it.
　夜司 愛 低 一特

Ⓑ 我早就知道。

　I knew it.
　愛 紐 一特

● ●

Ⓐ 你看吧！

　See?
　吸

Ⓑ 我早就知道。

　I knew it.
　愛 紐 一特

track 031

急用例句 不確定

我不確定。

I'm not sure.

愛門 那 秀

●急用會話●

Ⓐ 你知道他在哪裡嗎？

Do you know where he is?

賭 優 弄 灰耳 ㄏㄧ 意思

Ⓑ 我不確定。

I'm not sure.

愛門 那 秀

- -

Ⓐ 要不要去散步？

What do you say to take a walk?

華特 賭 優 塞 兔坦克 亡 臥克

Ⓑ 我不確定（要不要去）。

I'm not sure.

愛門 那 秀

031 track 跨頁共同導讀

 不甚清楚

我不太清楚。
I don't know for sure.
愛 動特 弄　佛 秀

●急用會話●

Ⓐ 你要印幾份呢？

How many copies would you like?
好　沒泥　咖批斯　屋糾　賴克

Ⓑ 我不太清楚。

I don't know for sure.
愛 動特 弄　佛 秀

● ●

Ⓐ 哪裡還可以拿到新的？

Where to get another new one?
灰耳　兔給特　安娜餌　紐　萬

Ⓑ 我不太清楚。

I don't know for sure.
愛 動特 弄　佛 秀

track 032

急用
例句 **再說一次**

請再說一遍！／你說什麼？

Pardon?

怕等

●**急用會話**●

Ⓐ 他們兩人陷入熱戀中了。

They fall in love.

勒　佛　引勒夫

Ⓑ 請再説一遍！

Pardon?

怕等

. . . .

Ⓐ 我永遠不會改變主意。

I will never change my mind.

愛我　耐摩　勸居　買　參得

Ⓑ 你説什麼？

Pardon?

怕等

沒聽清楚

你說什麼？
Excuse me?
ㄟ克斯Q斯 密

● 急用會話

Ⓐ 我向你保證。

I give you my word for it.
愛 寄 優 買 臥的 佛 一特

Ⓑ 你說什麼？

Excuse me?
ㄟ克斯Q斯 密

● ●

Ⓐ 我懷孕了。

I'm pregnant.
愛門 陪個泥特

Ⓑ 你說什麼？

Excuse me?
ㄟ克斯Q斯 密

track 033

急用
例句 **借過**

借過！／請問一下！
Excuse me.
ㄟ克斯Q斯 密

● **急用會話** ●

Ⓐ 借過！

Excuse me.
ㄟ克斯Q斯 密

Ⓑ 好的！

Sure.
秀

Ⓐ 請問一下！

Excuse me.
ㄟ克斯Q斯 密

Ⓑ 請說！

Yes?
夜司

033 track 跨頁共同導讀

 急用例句 **說慢一點**

你能說得慢一點嗎？
Could you speak slower?
　　苦糾　　司批客　師樓耳

● 急用會話 ●

Ⓐ 我可以借用嗎？

Would you mind if I borrowed it?
　　屋糾　參得　一幅　愛　八肉的　一特

Ⓑ 你能說得慢一點嗎？

Could you speak slower?
　　苦糾　　司批客　師樓耳

・・・・・・・・・・・・・・・・・・

Ⓐ 填寫空格。

Fill in the blanks.
　　飛爾　引　勒　不藍克斯

Ⓑ 你能說得慢一點嗎？

Could you speak slower?
　　苦糾　　司批客　師樓耳

track 034

**急用
例句** 自我猜測

我是猜的啦！

I guess.

愛 給斯

●急用會話 ●

Ⓐ 你有確定嗎？

Are you sure?

阿 優 秀

Ⓑ 我是猜的啦！

I guess.

愛 給斯

• •

Ⓐ 你怎麼會知道？

How do you know about it?

好 賭 優 弄 爺寶兒 一特

Ⓑ 我是猜的啦！

I guess.

愛 給斯

酷斃了

真酷！
Cool!
酷喔

●**急用會話**●

Ⓐ 你看！

Check this out.

切客 利斯 凹特

Ⓑ 真酷！

Cool!

酷喔

• •

Ⓐ 真酷！

Cool!

酷喔

Ⓑ 是啊！

Yeah, it is.

訝 一特 意思

track 035

急用例句 **很棒**

不錯！
It's awesome.
依次　歐森

● 急用會話 ●

Ⓐ 不錯！

It's awesome.
依次　歐森

Ⓑ 你真這樣認為？

You really think so?
優　瑞兒裡　施恩客蔻

Ⓐ 不錯！

It's awesome.
依次　歐森

Ⓑ 你不是當真的吧？

You can't be serious.
優　肯特　逼　西瑞耳司

035 **track** 跨頁共同導讀

 好的表現

幹得好!
Good job.
估的 假伯

● 急用會話 ●

Ⓐ 我已經開始打包了!

I've already started packing.
愛夫 歐瑞底 司打的 怕清引

Ⓑ 幹得好!

Good job.
估的 假伯

Ⓐ 我已經盡力了。

I did all I could do.
愛 低 歐愛 苦 賭

Ⓑ 幹得好!

Good job.
估的 假伯

track 036

急用例句　**好主意**

那是一個好主意。

That's a good idea.

類茲　ㄜ　估的　愛滴兒

●急用會話●

Ⓐ 那是一個好主意。

That's a good idea.

類茲　ㄜ　估的　愛滴兒

Ⓑ 沒錯！

You bet.

優　貝特

Ⓐ 你覺得呢？

What do you say?

華特　賭　優　塞

Ⓑ 那是一個好主意。

That's a good idea.

類茲　ㄜ　估的　愛滴兒

036 track 跨頁共同導讀

急用
例句 好事

這很好啊！
This is good.
利斯 意思 估的

急用會話

Ⓐ 我有安排會議。

I arranged an appointment.
愛 古潤居的 恩 阿婆一門特

Ⓑ 這很好啊！

This is good.
利斯 意思 估的

• •

Ⓐ 也許我們可以去看電影。

Maybe we can go to a movie.
美批 屋依 肯 購 兔古 母米

Ⓑ 這很好啊！

This is good.
利斯 意思 估的

track 037

> 急用
> 例句　**有善意的人**

你真是個好人。

It's very kind of you.

依次　肥瑞　砍特　歐夫　優

● 急用會話 ●

Ⓐ 給你！

Here you are.

ㄏㄧ爾　優　阿

Ⓑ 你真是個好人。

It's very kind of you.

依次　肥瑞　砍特　歐夫　優

- -

Ⓐ 我來幫你！

Let me help you with it.

勒　密　黑耳ㄆ優　位斯 一特

Ⓑ 你真是個好人。

It's very kind of you.

依次　肥瑞　砍特　歐夫　優

說好話的人

你能這麼說真好。

It's nice of you to say so.

依次 耐斯 歐夫 優 兔塞 蒐

●急用會話●

Ⓐ 真希望你可以留下來。

I wish you could stay.

愛 胃虛 優　苦 斯得

Ⓑ 你能這麼說真好。

It's nice of you to say so.

依次 耐斯 歐夫 優 兔 塞 蒐

● ● ● ● ● ● ● ● ● ● ● ● ● ● ● ● ● ● ●

Ⓐ 如果有問題的話，就打電話給我。

Call me if you have any questions.

摳　密 一幅 優 黑夫 安尼 魁私去斯

Ⓑ 你能這麼說真好。

It's nice of you to say so.

依次 耐斯 歐夫 優 兔 塞 蒐

track 038

急用
例句 **貼心的人**

你真是貼心！
How sweet!
好　司威特

● 急用會話 ●

Ⓐ 讓我來處理！
Allow me.
阿樓　密

Ⓑ 你真是貼心！
How sweet!
好　司威特

• •

Ⓐ 你真是貼心！
How sweet!
好　司威特

Ⓑ 我很高興你喜歡！
I'm glad you enjoyed it.
愛門 葛雷得 優 因九的 一特

感到驕傲

我為你感到驕傲。
I'm proud of you.
愛門　撲勞的　歐夫　優

● 急用會話 ●

Ⓐ 我辦到了！

I made it.
愛 妹得 一特

Ⓑ 我為你感到驕傲。

I'm proud of you.
愛門 撲勞的 歐夫 優

● ● ● ● ● ● ● ● ● ● ● ● ● ● ● ● ● ● ●

Ⓐ 我會向你證明我自己的能力！

I'll prove myself to you.
愛我 埔夫 買塞兒夫 兔 優

Ⓑ 我為你感到驕傲。

I'm proud of you.
愛門 撲勞的 歐夫 優

track 039

急用
例句 **懇求相信**

相信我！
Believe me.
逼力福　密

●急用會話●

Ⓐ 少來了！

Come on.
康　忘

Ⓑ 相信我！

Believe me.
逼力福　密

Ⓐ 對你而言是沒問題的，對吧？

It's no problem to you, right?
依次弄　撲拉本　兔　優　軟特

Ⓑ 相信我！

Believe me.
逼力福　密

039 track 跨頁共同導讀

 急用
例句 **不敢置信**

真教人不敢相信！
I can't believe it.
愛 肯特　逼力福 一特

● 急用會話 ●

Ⓐ 真教人不敢相信！

I can't believe it.
愛 肯特 逼力福 一特

Ⓑ 我警告過你。

I warned you.
愛　旺的　優

Ⓐ 我愛上大衛了。

I fall in love with David.
愛 佛 引 勒夫 位斯　大衛

Ⓑ 真教人不敢相信！

I can't believe it.
愛 肯特 逼力福 一特

track 040

 不在意是否相信

隨便你相不相信！

Believe it or not.

逼力福 一特 歐 那

●急用會話●

Ⓐ 不可能！

It's impossible.

依次 因趴色伯

Ⓑ 隨便你相不相信！

Believe it or not.

逼力福 一特 歐 那

● ●

Ⓐ 我才不相信！

I don't buy it.

愛 動特 百 一特

Ⓑ 隨便你相不相信！

Believe it or not.

逼力福 一特 歐 那

040 **track** 跨頁共同導讀

 非自己的原意

我不是那個意思。
I didn't mean that.
愛 低等 密 類

● 急用會話 ●

Ⓐ 你在開玩笑嗎？

Are you kidding?
阿 優 ㄎㄧㄉ

Ⓑ 我不是那個意思。

I didn't mean that.
愛 低等 密 類

● ●

Ⓐ 現在是怎麼回事？

Now what?
惱 華特

Ⓑ 我不是那個意思。

I didn't mean that.
愛 低等 密 類

track 041

急用例句 不是故意做某事

我不是故意的。

I didn't mean to.

愛 低等　密　兔

●急用會話●

Ⓐ 別敷衍我！

Don't brush me off!

動特　不拉需　密　歐夫

Ⓑ 我不是故意的。

I didn't mean to.

愛 低等　密　兔

. . . .

Ⓐ 少跟我鬼扯！

Don't try to sell me the story.

動特　踹　兔塞耳　密　勒　斯兜瑞

Ⓑ 我不是故意的。

I didn't mean to.

愛 低等　密　兔

急用
例句
不要誤解

不要誤解我！
Don't get me wrong!
動特 給特 密 弄

● 急用會話 ●

Ⓐ 你又來了！

There you go again!
淚兒 優 購 愛乾

Ⓑ 不要誤解我！

Don't get me wrong!
動特 給特 密 弄

. . . .

Ⓐ 不都一樣嗎？

That makes no difference.
類 妹克斯 弄 低粉斯

Ⓑ 不要誤解我！

Don't get me wrong!
動特 給特 密 弄

track 042

 視情況決定

要視情況而定。

It depends.

一特 低盤斯

●急用會話●

Ⓐ 那就算了吧！

Forget it!

佛給特 一特

Ⓑ 要視情況而定。

It depends.

一特 低盤斯

Ⓐ 你要怎麼做？

What are you going to do?

華特 阿 優 勾引 兔 賭

Ⓑ 要視情況而定。

It depends.

一特 低盤斯

可惜、糟糕

太糟糕了！
It's too bad.
依次　兔　貝特

● 急用會話 ●

Ⓐ 我失去了！

I lost it.
愛　漏斯特　一特

Ⓑ 太糟糕了！

It's too bad.
依次　兔　貝特

● ●

Ⓐ 我們一定會為此事付出代價。

We'll have to pay for it.
屋依我　黑夫　兔　配　佛　一特

Ⓑ 太糟糕了！

It's too bad.
依次　兔　貝特

track 043

急用例句 鼓勵提出看法

說說話吧！
Say something.
塞　桑性

●急用會話●

Ⓐ 說說話吧！

Say something.

塞　桑性

Ⓑ 我沒有頭緒。

I have no idea.

愛 黑夫 弄 愛滴兒

. . . .

Ⓐ 說說話吧！

Say something.

塞　桑性

Ⓑ 由你決定。

It's up to you.

依次 阿鋪 兔 優

急用 例句 **別過不去**

別跟我過不去。
Don't give me a hard time.
動特　寄　密　亡　哈得　太ㄇ

● 急用會話 ●

Ⓐ 算了！

Forget it.
佛給特　一特

Ⓑ 別跟我過不去。

Don't give me a hard time.
動特　寄　密　亡　哈得　太ㄇ

• • • • • • • • • • • • • • • • • •

Ⓐ 抱歉，我不太喜歡這個。

Sorry, I don't really like this.
蔻瑞　愛　動特　瑞兒裡　賴克　利斯

Ⓑ 別跟我過不去。

Don't give me a hard time.
動特　寄　密　亡　哈得　太ㄇ

track 044

急用
例句　**逼人太甚**

別逼人太甚！

Don't push me too far!

動特　舖需　密　兔　罰

●急用會話●

Ⓐ 別逼人太甚！

Don't push me too far!

動特　舖需　密　兔　罰

Ⓑ 抱歉，我沒有聽懂。

Sorry, I didn't catch you.

蒐瑞　愛　低等　凱區　優

Ⓐ 你不應該做這件事。

You shouldn't have done that.

優　秀等特　黑夫　檔　類

Ⓑ 別逼人太甚！

Don't push me too far!

動特　舖需　密　兔　罰

急用
例句 **別裝傻**

別傻了！
Don't be silly!
動特 逼 溪裡

● 急用會話 ●

Ⓐ 是這個時間嗎？

Is that the time?
意思 類 勒 太ㄇ

Ⓑ 別傻了！

Don't be silly!
動特 逼 溪裡

● ● ● ● ● ● ● ● ● ● ● ● ● ● ● ● ● ● ● ●

Ⓐ 我做到了！

I just made it!
愛 賈斯特 妹得 一特

Ⓑ 別傻了！

Don't be silly!
動特 逼 溪裡

track 045

急用例句　別吹毛求疵

別太吹毛求疵！
Don't be so fussy!
動特　逼　蒐　發西

急用會話

Ⓐ 請原諒我做了這件事。

Please forgive me for this.
普利斯　佛寄　密　佛利斯

Ⓑ 別太吹毛求疵！

Don't be so fussy!
動特　逼　蒐　發西

● ● ● ● ● ● ● ● ● ● ● ● ● ● ● ● ● ● ● ●

Ⓐ 已成定局了！

The dice is cast!
勒　待西　意思　看司

Ⓑ 別太吹毛求疵！

Don't be so fussy!
動特　逼　蒐　發西

少賣乖

得了吧！
Come on!
　康　　忘

●急用會話●

🅑 少來了！

Come on!
　康　　忘

🅑 放輕鬆點！

Easy, easy.
　一日　一日

• •

🅐 我們得要把它要回來！

We've got to have it back.
　為夫　咖　兔　黑夫　一特 貝克

🅑 得了吧！

Come on!
　康　　忘

track 046

急用
例句 **少吹牛**

太離譜了！
Give me a break.
寄 密 亡 不來客

● 急用會話 ●

Ⓐ 但是我還沒準備好！

But... I'm not ready.
霸特 愛門 那 瑞底

Ⓑ 太離譜了！

Give me a break.
寄 密 亡 不來客

Ⓐ 我以為我有聽到聲音。

I thought I heard something.
愛 收特 愛 喝得 桑性

Ⓑ 別吹牛了！

Give me a break.
寄 密 亡 不來客

急用
例句

少裝模作樣

少跟我來這一套！
Don't give me that!
動特　寄　密　類

●急用會話●

Ⓐ 我應該怎樣做？

What should I do?
華特　秀得　愛賭

Ⓑ 少跟我來這一套！

Don't give me that!
動特　寄　密　類

Ⓐ 你有什麼意見？

What would you recommend?
華特　　屋糾　　瑞卡曼得

Ⓑ 少跟我來這一套！

Don't give me that!
動特　寄　密　類

track 047

急用
例句 **情不自禁**

我情不自禁。
I can't help it.
愛 肯特 黑耳ㄆ 一特

●急用會話●

Ⓐ 你怎麼樣？

You what?

優　華特

Ⓑ 我情不自禁。

I can't help it.

愛 肯特 黑耳ㄆ 一特

Ⓐ 這太離譜了！

That's going too far!

類茲　勾引　兔罰

Ⓑ 我情不自禁

I can't help it.

愛 肯特 黑耳ㄆ 一特

急用例句 **求救**

救命啊！
Help!
黑耳ㄆ

● 急用會話 ●

Ⓐ 救命啊！
Help!
黑耳ㄆ

Ⓑ 你怎麼了？
What happened to you?
華特　黑噴的　兔優

● ●

Ⓐ 救命啊！
Help!
黑耳ㄆ

Ⓑ 有問題嗎！
Something wrong！
桑性　　弄

track 048

急用
例句 **尋求協助**

你能幫我一個忙嗎？
Could you give me a hand?
　　苦糾　　寄　密　亡　和的

 急用會話

Ⓐ 你能幫我一個忙嗎？

Could you give me a hand?
　　苦糾　　寄　密　亡　和的

Ⓑ 好啊！

Sure.
秀

⸱⸱⸱⸱⸱⸱⸱⸱⸱⸱⸱⸱⸱⸱⸱⸱⸱⸱⸱⸱⸱⸱

Ⓐ 你能幫我一個忙嗎？

Could you give me a hand?
　　苦糾　　寄　密　亡　和的

Ⓑ 什麼事？

What is it?
華特 意思 一特

幫了大忙

你真的幫了大忙。
You've been very helpful.
優夫　兵　肥瑞　黑耳佛

急用會話

Ⓐ 不要擔心！

Don't worry about it.

動特　窩瑞　爺寶兒　一特

Ⓑ 你真的幫了大忙。

You've been very helpful.

優夫　兵　肥瑞　黑耳佛

. . . .

Ⓐ 給你！

Here you are.

厂一爾優　阿

Ⓑ 你真的幫了大忙。

You've been very helpful.

優夫　兵　肥瑞　黑耳佛

track 049

急用例句 沒有幫助

這沒有幫助。
It didn't help.
一特 低等 黑耳ㄆ

●急用會話●

Ⓐ 我以前就警告過你。

I warned you before.

愛 旺的 優 必佛

Ⓑ 這沒有幫助。

It didn't help.

一特 低等 黑耳ㄆ

Ⓐ 那又怎麼樣？

So what?

蒄 華特

Ⓑ 這沒有幫助。

It didn't help.

一特 低等 黑耳ㄆ

也許有幫助

也許會有幫助。
Maybe that will help.
美批　類　我　黑耳ㄆ

急用會話

Ⓐ 只是一個想法。

Just an idea.

賈斯特 恩 愛滴兒

Ⓑ 也許會有幫助。

Maybe that will help.

美批　類　我　黑耳ㄆ

Ⓐ 會有用嗎？

Is it going to work?

意思 一特 勾引 兔 臥克

Ⓑ 也許會有幫助。

Maybe that will help.

美批　類　我　黑耳ㄆ

track 050

急用
例句　**主動協助**

需要我的效勞嗎？
May I help you?
美　愛 黑耳ㄆ優

●急用會話●

Ⓐ 需要我的效勞嗎？

　May I help you?
　美　愛 黑耳ㄆ優

Ⓑ 好的，麻煩你了！

　Yes, please.
　夜司　普利斯

● ● ● ● ● ● ● ● ● ● ● ● ● ● ● ● ● ● ●

Ⓐ 需要我的效勞嗎？

　May I help you?
　美　愛 黑耳ㄆ優

Ⓑ 不用，謝謝！

　No, thanks.
　弄　山克斯

050 track 跨頁共同導讀

急用例句 如何協助

我能為你做什麼？
What can I do for you?
華特　肯愛賭　佛　優

●急用會話●

Ⓐ 我能為你做什麼？

What can I do for you?
華特　肯愛賭　佛　優

Ⓑ 能麻煩你幫我影印這個嗎？

Can you copy this for me, please?
肯　優　咖批利斯　佛　密　普利斯

● ●

Ⓐ 請問一下？

Excuse me?
ㄟ克斯Q斯密

Ⓑ 我能為你做什麼？

What can I do for you?
華特　肯愛賭　佛　優

track 051

急用例句 不用擔心

不必擔心！
Don't worry.
動特　窩瑞

●急用會話●

Ⓐ 不必擔心！
Don't worry.
動特　窩瑞

Ⓑ 我不會啊！
I won't.
愛　甕

Ⓐ 可是我很擔心…
But I am afraid...
霸特　愛 M 哀福瑞特

Ⓑ 不必擔心！
Don't worry.
動特　窩瑞

120

急用
例句 **不要驚慌**

不要慌張！
Don't panic!
動特　攀泥課

●急用會話●

Ⓐ 我的天啊！
Man!
賣せ

Ⓑ 不要慌張！
Don't panic!
動特　攀泥課

. . . .

Ⓐ 這很糟糕，不是嗎？
It's horrible, isn't it?
依次　哈蘿蔔　一任　一特

Ⓑ 不要慌張！
Don't panic!
動特　攀泥課

track 052

急用
例句 **安然度過**

不會有事的。
Everything will be fine.
哀褪瑞性　我　遍　凡

● 急用會話 ●

Ⓐ 我很感謝你的關心。

I appreciate your concern.
愛 A鋪西ㄟ特　幼兒　康捨

Ⓑ 不會有事的。

Everything will be fine.
哀褪瑞性　我　遍　凡

● ●

Ⓐ 很抱歉要麻煩你了！

I'm sorry to bother you.
愛門 蔻瑞　兔　芭樂　優

Ⓑ 不會有事的。

Everything will be fine.
哀褪瑞性　我　遍　凡

急用
例句 **習慣於某事**

你會習慣它的。
You will get used to it!
優　我　給特　又司的　兔一特

● 急用會話 ●

Ⓐ 我也不想要這樣啊！

I don't want this.
愛動特　忘特　利斯

Ⓑ 你會習慣它的。

You will get used to it!
優　我　給特　又司的　兔一特

● ● ● ● ● ● ● ● ● ● ● ● ● ● ● ● ● ● ● ●

Ⓐ 別為難我了！

Don't give me a hard time.
動特　寄　密　古哈得　太口

Ⓑ 你會習慣它的。

You will get used to it!
優　我　給特　又司的　兔一特

track 053

急用
例句 **放輕鬆**

放輕鬆點!
Take it easy.
坦克 一特 一日

● 急用會話 ●

Ⓐ 你怎麼回事啊?

What's your problem?
華資　幼兒　撲拉本

Ⓑ 放輕鬆點!

Take it easy.
坦克 一特 一日

● ● ● ● ● ● ● ● ● ● ● ● ● ● ● ● ● ● ●

Ⓐ 你氣死我了啦!

You make me so mad.
優　妹克　密　蔑　妹的

Ⓑ 放輕鬆點!

Take it easy.
坦克 一特 一日

急用
例句 **冷靜**

冷靜下來。
Calm down.
康母　黨

● 急用會話 ●

Ⓐ 冷靜下來。

Calm down.
康母　黨

Ⓑ 你怎麼可以這樣說？

How can you say that?
好　肯　優　塞　類

Ⓐ 他做了這樣的事真蠢！

He is crazy to do such a thing.
厂一　意思　廚理　兔賭　薩區　亡　性

Ⓑ 冷靜下來。

Calm down.
康母　黨

track 054

急用
例句 **振作**

振作點！
Cheer up!
起兒　阿鋪

● 急用會話 ●

Ⓐ 真令人失望！

What a let down!

華特　亡勒　黨

Ⓑ 振作點！

Cheer up!

起兒　阿鋪

• •

Ⓐ 我應該怎樣做？

What shall I do?

華特　修　愛賭

Ⓑ 振作點！

Cheer up!

起兒　阿鋪

沒什麼大不了

這沒什麼大不了啊！
It's no big deal.
依次 弄 逼個 低兒

急用會話

Ⓐ 這沒什麼大不了啊！

It's no big deal.

依次 弄 逼個 低兒

Ⓑ 你真他媽説對了！

You are God damn right.

優 阿 咖的 等 軟特

Ⓐ 你真不應該那樣做！

You shouldn't have done that!

優 秀等特 黑夫 檔 類

Ⓑ 這沒什麼大不了啊！

It's no big deal.

依次 弄 逼個 低兒

track 055

 急用
例句 **完全沒事**

沒事！
It's nothing.
依次 那性

●急用會話●

Ⓐ 你還好吧？

Are you OK?

阿　優　OK

Ⓑ 沒事！

It's nothing.

依次 那性

● ●

Ⓐ 你臉色看起來很蒼白！

You look really pale.

優　路克　瑞兒裡　派耳

Ⓑ 沒事！

It's nothing.

依次 那性

急用
例句 **鼓勵辦得到**

你辦得到的。
You can make it.
優　肯　妹克一特

● 急用會話 ●

Ⓐ 你辦得到的。

You can make it.
優　肯　妹克一特

Ⓑ 我不知道耶⋯

I don't know...
愛 動特　弄

Ⓐ 你辦得到的。

You can make it.
優　肯　妹克一特

Ⓑ 你怎麼會這麼確定？

Why are you so sure?
壞　阿　優 蒐 秀

track 056

急用例句 鼓勵再試一次

再試一次。
Try again.
踹　愛乾

●急用會話●

Ⓐ 再試一次。

Try again.

踹　愛乾

Ⓑ 我辦不到啦！

I can't.

愛　肯特

● ● ● ● ● ● ● ● ● ● ● ● ● ● ● ● ● ● ●

Ⓐ 我應該怎樣做？

What shall I do?

華特　修　愛賭

Ⓑ 再試一次。

Try again.

踹　愛乾

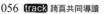
 放手去做

儘管去做吧！
Just do it.
賈斯特 賭 一特

● 急用會話 ●

Ⓐ 喔，這不可能吧！

Oh, it's impossible.

喔 依次 因趴色伯

Ⓑ 儘管去做吧！

Just do it.

賈斯特 賭 一特

Ⓐ 我不知道要怎麼做。

I don't know what to do.

愛動特 弄 華特 兔賭

Ⓜ 儘管去做吧！

Just do it.

賈斯特 賭 一特

track 057

急用例句 **不放棄**

不要放棄！
Don't give up.
　動特　寄　阿鋪

●急用會話●

Ⓐ 我找不到另一個新的。

I can't find another new one.
　愛 肯特 煩的　安娜餌　紐　萬

Ⓑ 不要放棄！

Don't give up.
　動特　寄　阿鋪

• •

Ⓐ 我完全不知道！

I don't know about it at all.
　愛 動特 弄　爺寶兒 一特 ㇏ 歐

Ⓑ 不要放棄！

Don't give up.
　動特　寄　阿鋪

急用
例句 **好問題**

問得好！
Good question!
估的　　魁私去

● 急用會話 ●

Ⓐ 這不夠好嗎？

Isn't it good enough?
一任 一特 估的 A那夫

Ⓑ 問得好！

Good question!
估的　　魁私去

Ⓐ 到目前為止，你喜歡台北嗎？

How do you like Taipei so far?
好　賭　優 賴克　台北　篾 罰

Ⓤ 問得好！

Good question!
估的　　魁私去

track 058

急用例句 解決問題

事情會有辦法解決的。

It will all work out.

一特 我 歐 臥克 四特

●急用會話●

Ⓐ 我們需要錢！

We need some money.

屋依尼的 桑 曼尼

Ⓑ 事情會有辦法解決的。

It will all work out.

一特 我 歐 臥克 四特

● ● ● ● ● ● ● ● ● ● ● ● ● ● ● ● ● ● ● ●

Ⓐ 我不知道該怎麼辦！

I don't know what to do.

愛動特 弄 華特 兔 賭

Ⓑ 事情會有辦法解決的。

It will all work out.

一特 我 歐 臥克 四特

❶
❸
❹

急用例句 同意對方

繼續！／可以。
Go ahead.
購　耳黑的

●急用會話●

Ⓐ 我有一個問題！

I have a question.
愛　黑夫　土　魁私去

Ⓑ 繼續（說）吧！

Go ahead.
購　耳黑的

‧‧‧‧‧‧‧‧‧‧‧‧‧‧‧‧‧‧‧‧‧

Ⓐ 我可以和他去看電影嗎？

Can I go to a movie with him?
肯　愛　購　兔　土　母米　位斯　恨

Ⓑ 去吧！

Go ahead.
購　耳黑的

track 059

急用
例句　自己沒問題

我可以。
That's fine with me.
類茲　凡　位斯　密

•急用會話•

Ⓐ 這個星期五怎樣？

How about this Friday?
好　爺寶兒 利斯 富來得

Ⓑ 我可以。星期五見。

That's fine with me. See you Friday.
類茲　凡　位斯　密　吸　優　富來得

Ⓐ 要不要去散散步？

How about going for a walk?
好　爺寶兒 勾引 佛 ㄜ 臥克

Ⓑ 好啊！

That's fine with me.
類茲　凡　位斯　密

急用例句 **留意**

留意點！
Look out!
路克 四特

● 急用會話 ●

Ⓐ 留意點！
Look out!
路克 四特

Ⓑ 喔，我沒看到！
Oh, I didn't see that.
喔 愛 低等 吸 類

Ⓐ 留意點！
Look out!
路克 四特

Ⓤ 好！謝謝提醒！
Sure. Thanks!
秀 山克斯

track 060

 提醒小心

小心！
Be careful.
逼　卡耳佛

●急用會話●

Ⓐ 小心！
Be careful.
逼　卡耳佛

Ⓑ 我會的！
I will.
愛 我

● ● ● ● ● ● ● ● ● ● ● ● ● ● ● ● ● ● ● ●

Ⓐ 小心！
Be careful.
逼　卡耳佛

Ⓑ 我知道！
I see.
愛 吸

1
3
8

急用
例句
已事先提醒

我已經告訴過你了！
I told you so.
愛 透得 優 蒐

● 急用會話 ●

Ⓐ 你不是當真的吧？
You can't be serious.
優 肯特 逼 西瑞耳司

Ⓑ 我已經告訴過你了！
I told you so.
愛 透得 優 蒐

- -

Ⓐ 這不是我的錯。
It's not my fault.
依次 那 買 佛特

Ⓑ 我已經告訴過你了！
I told you so.
愛 透得 優 蒐

track 061

急用
例句 **仔細看**

你看！
Check it out!
切客 一特 四特

●急用會話●

Ⓐ 你看！
Check it out!
切客 一特 四特

Ⓑ 這件毛衣真好看！
What a beautiful sweater.
華特 乙 逼丟佛　司為特

● ● ● ● ● ● ● ● ● ● ● ● ● ● ● ● ● ● ●

Ⓐ 有發現什麼嗎？
Anything?
安尼性

Ⓑ 你看！
Check it out!
切客 一特 四特

061 **track** 跨頁共同導讀

是否有空

現在有空嗎？
Got a minute?
咖 亡 咪逆特

● 急用會話 ●

🅐 現在有空嗎？

Got a minute?
咖 亡 咪逆特

🅑 我要去做功課…

I got some homework to do...
愛咖 桑 厚臥克 兔賭

. . . .

🅐 現在有空嗎？

Got a minute?
咖 亡 咪逆特

🅑 不要現在！

Not now.
那 惱

track 062

急用
例句 **行進間的禮儀**

您先請進。
You first.
優　福斯特

●急用會話●

Ⓐ 您先請進。

You first.
優　福斯特

Ⓑ 您先請。

After you.
也副特　優

● ●

Ⓐ 您先請進。

You first.
優　福斯特

Ⓑ 你真好心！

You are so kind.
優　阿　蒐　砍特

急用
例句
請就坐

坐吧！
Have a seat.
黑夫 亡 西特

●急用會話●

Ⓐ 現在有空嗎？

Got a minute now?
咖 亡 咪逆特 惱

Ⓑ 有啊！

Sure.
秀

Ⓐ 我能進來嗎？

Can I come in?
肯 愛 康 引

Ⓑ 當然可以！坐吧！

Sure. Have a seat.
秀　黑夫 亡 西特

track 063

急用
例句 **結束**

事情結束了。
It's over.
依次 歐佛

●急用會話●

Ⓐ 大衛，要記住，不要做我做過的事。

Remember, David. Don't do what I did.

瑞敏波　　　大衛　動特　賭　華特 愛 低

Ⓑ 事情都結束了啊！

It's all over.

依次 歐 歐佛

● ● ● ● ● ● ● ● ● ● ● ● ● ● ● ● ● ● ● ●

Ⓐ 事情結束了。

It's over.

依次 歐佛

Ⓑ 沒有，並沒有！

No, it is not.

弄 一特 意思 那

1
4
4

急用
例句

不可能

不可能。
It's impossible.
依次　因趴色伯

● 急用會話 ●

Ⓐ 我要做的事是不同的！

What I do will be different.
華特 愛賭 我 逼 低粉特

Ⓑ 不可能。

It's impossible.
依次　因趴色伯

- -

Ⓐ 我不是你啊！

I'm not you!
愛門 那 優

Ⓑ 不可能。

It's impossible.
依次　因趴色伯

track 064

急用例句 不可能成真

不可能的事！
It can't be.
一特 肯特 逼

●急用會話●

Ⓐ 這是很有幫助的！

It's helpful.

依次 黑耳佛

Ⓑ 不可能的事！

It can't be.

一特 肯特 逼

●●●●●●●●●●●●●●●●●●●●●●●

Ⓐ 不可能的事！

It can't be.

一特 肯特 逼

Ⓑ 不要擔心！

Don't worry about it.

動特 窩瑞 爺寶兒 一特

❶
❹
❻

急用例句 不可思議

令人不可思議。
It's incredible.
依次 引魁地薄

●急用會話●

Ⓐ 別擔心,你很快就會好的。

Take it easy. You'll get well soon.
坦克 一特 一日 優我 給特 威爾 訓

Ⓑ 令人不可思議。

It's incredible.
依次 引魁地薄

• • • • • • • • • • • • • • • • • • •

Ⓐ 他們打算下個月結婚。

They decided to get married next month.
勒 低賽低的 兔 給特 妹入特 耐司特 忙斯

Ⓑ 令人不可思議。

It's incredible.
依次 引魁地薄

track 065

急用
例句 **荒謬**

真是荒謬。
It's ridiculous.
依次　瑞低Q樂斯

●急用會話●

Ⓐ 真是荒謬。

It's ridiculous.
依次　瑞低Q樂斯

Ⓑ 是啊！我也是這樣認為！

Yeah, I think so, too.
訝　愛　施恩客蒐　兔

• • • • • • • • • • • • • • • • • • •

Ⓐ 她和你先生有外遇？

She is having an affair with your husband?
需　意思　黑夫因　恩阿飛兒　位斯　幼兒　哈色奔

Ⓑ 真是荒謬。

It's ridiculous.
依次　瑞低Q樂斯

急用
例句 **危險**

這很危險的。

It's dangerous.

依次　丹覺若斯

● 急用會話 ●

🅐 這很危險的。

It's dangerous.

依次　丹覺若斯

🅑 我以前就警告過你。

I warned you before.

愛　旺的　優　必佛

• •

🅐 這很危險的。

It's dangerous.

依次　丹覺若斯

🅑 看吧！我告訴過你不要去作那件事的。

See? I told you not to do that.

吸　愛透得　優　那　兔賭　類

track 066

| 急用例句 | 害怕 |

令人毛骨悚然。
It's creepy.
依次 客裡披

● 急用會話 ●

Ⓐ 令人毛骨悚然。

It's creepy.

依次 客裡披

Ⓑ 你在開玩笑嗎？

Are you kidding?

阿 優 ㄎㄧ丁

• •

Ⓐ 沒什麼事發生！

Nothing is happening.

那性 意思 黑噴引

Ⓑ 令人毛骨悚然。

It's creepy.

依次 客裡披

詭異

真詭異。
It's weird.
依次 餵兒的

● 急用會話 ●

Ⓐ 真詭異。

It's weird.

依次 餵兒的

Ⓑ 的確是這樣。

I will say.

愛 我 塞

● ● ● ● ● ● ● ● ● ● ● ● ● ● ● ● ● ● ● ●

Ⓐ 天啊！

For God's sake.

佛　咖斯　賽課

Ⓑ 真詭異。

It's weird.

依次 餵兒的

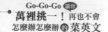

track 067

急用
例句　糟糕

糟透了！
It's horrible.
依次　哈蘿蔔

● 急用會話 ●

Ⓐ 你覺得我的點子如何？

What do you think of my idea?

華特　賭　優　施恩客　歐夫　買　愛滴兒

Ⓑ 糟透了！

It's horrible.

依次　哈蘿蔔

Ⓐ 我聽膩了他的廢話。

I've had enough of his garbage.

愛夫　黑的　A那夫　歐夫　厂一斯　卡鼻居

Ⓑ 糟透了！

It's horrible.

依次　哈蘿蔔

困擾

這件事真的很困擾我。
It really bothers me.
一特 瑞兒裡 芭樂斯 密

● 急用會話 ●

Ⓐ 這件事真的很困擾我。

It really bothers me.
一特 瑞兒裡 芭樂斯 密

Ⓑ 你不是當真的吧？

You can't be serious.
優 肯特 逼 西瑞耳司

● ● ● ● ● ● ● ● ● ● ● ● ● ● ● ● ● ● ●

Ⓐ 這件事真的很困擾我。

It really bothers me.
一特 瑞兒裡 芭樂斯 密

Ⓑ 為什麼？

How come?
好 康

track 068

急用
例句　**越來越糟**

越來越糟了！
It's getting worse.
依次　給聽　臥司

● 急用會話 ●

Ⓐ 越來越糟了！

It's getting worse.
依次　給聽　臥司

Ⓑ 我做了什麼讓你這麼説？

What did I do to make you say that?
華特　低愛賭兔　妹克　優　塞　類

● ●

Ⓐ 越來越糟了！

It's getting worse.
依次　給聽　臥司

Ⓑ 沒錯。

You bet.
優　貝特

1
5
4

急用
例句 **意外**

這是個意外。
It's an accident.
依次 恩 A色等的

●急用會話●

Ⓐ 這是個意外。

It's an accident.

依次 恩 A色等的

Ⓑ 意外？我不懂。

An accident? I don't get it.

恩 A色等的 愛動特 給特 一特

・・・・・・・・・・・・・・・・・・・・・・

Ⓐ 我才不信你呢！

I can't believe a word you say.

愛 肯特 逼力福 亡 臥的 優 塞

Ⓑ 這是個意外。

It's an accident.

依次 恩 A色等的

track 069

急用例句 每況愈下

事情每況愈下！
It's getting worse.
依次 給聽 臥司

•急用會話•

Ⓐ 一切都好嗎？

How is everything?
好 意思 衰褪瑞性

Ⓑ 事情每況愈下！

It's getting worse.
依次 給聽 臥司

• • • • • • • • • • • • • • • • • • • •

Ⓐ 你的工作進展得如何？

How is your work?
好 意思 幼兒 臥克

Ⓑ 事情每況愈下！

It's getting worse.
依次 給聽 臥司

急用
例句　**請客**

我請你。
It's on me.
依次　忘　密

● 急用會話 ●

Ⓐ 我請你。

It's on me.
依次　忘　密

Ⓑ 你真好。

It's nice of you.
依次　耐斯　歐夫　優

● ● ● ● ● ● ● ● ● ● ● ● ● ● ● ● ● ● ● ●

Ⓐ 我請你。

It's on me.
依次　忘　密

Ⓑ 不用，謝謝！

No, thanks.
弄　山克斯

track 070

急用
例句 **找時間聚會**

我們有空聚一聚吧！
Let's get together sometime.
辣資　給特　特給樂　　桑太ㄇ

● 急用會話 ●

Ⓐ 我們有空聚一聚吧！
Let's get together sometime.
辣資　給特　特給樂　　桑太ㄇ

Ⓑ 那麼把日定在星期一，好嗎？
Shall we make it Monday then?
修　屋依　妹克 一特　慢得　　蘭

● ● ● ● ● ● ● ● ● ● ● ● ● ● ● ● ● ●

Ⓐ 我們有空聚一聚吧！
Let's get together sometime.
辣資　給特　特給樂　　桑太ㄇ

Ⓑ 當然好啊！
Definitely.
帶分尼特里

各自付帳

各付各的！
Let's go Dutch.
辣 資 購 踏區

● 急用會話 ●

Ⓐ 我請客。

Be my guest.
逼 買 給斯特

Ⓑ 各付各的！

Let's go Dutch.
辣 資 購 踏區

● ● ● ● ● ● ● ● ● ● ● ● ● ● ● ● ● ● ● ●

Ⓐ 各付各的！

Let's go Dutch.
辣 資 購 踏區

Ⓑ 好啊！

Why not.
壞 那

track 071

急用例句　仰賴

你可以仰賴我。

You can count on me.

優　肯　考特　忘密

●急用會話●

Ⓐ 你在開玩笑嗎？

Are you kidding?

阿　優　ㄅㄧ丁

Ⓑ 你可以仰賴我。

You can count on me.

優　肯　考特　忘密

- - - - - - - - - - - - - - - - - - - -

Ⓐ 你不是當真的吧？

You can't be serious.

優　肯特　逼　西瑞耳司

Ⓑ 你可以仰賴我。

You can count on me.

優　肯　考特　忘密

071 **track** 跨頁共同導讀

 急用
例句 **電話聯絡**

偶爾打個電話給我。
Give me a call sometime.
寄 密 它 摳 桑太口

● 急用會話 ●

Ⓐ 偶爾打個電話給我。

Give me a call sometime.
寄 密 它 摳 桑太口

Ⓑ 好啊！好好照顧自己。

Sure. Take care of yourself.
秀 坦克 卡耳 歐夫 幼兒塞兒夫

Ⓐ 再見。

See you around.
吸 優 婀壯

Ⓑ 偶爾打個電話給我。

Give me a call sometime.
寄 密 它 摳 桑太口

track 072

 保持聯絡

保持聯絡。

Keep in touch.

機舖 引 踏區

● 急用會話 ●

Ⓐ 再見。

See you around.

吸 優 婀壯

Ⓑ 保持聯絡。

Keep in touch.

機舖 引 踏區

• • • • • • • • • • • • • • • • • • • •

Ⓐ 好好照顧自己。

Take care of yourself.

坦克 卡耳 歐夫 幼兒塞兒夫

Ⓑ 保持聯絡。

Keep in touch.

機舖 引 踏區

急用
例句　**邀約用餐**

我們一起去吃午餐吧！
Let's do lunch.
辣資　賭　濫去

●急用會話●

Ⓐ 我們一起去吃午餐吧！

　Let's do lunch.
　辣資　賭　濫去

Ⓑ 好，我們走！

　OK, let's go.
　OK　辣資　購

. . . .

Ⓐ 我們一起去吃午餐吧！

　Let's do lunch.
　辣資　賭　濫去

Ⓑ 現在不行！

　Not now.
　那　惱

track 073

急用
例句 **改天再約**

改天吧！
Maybe some other time.
美批　　桑　　阿樂 太ㄇ

●急用會話●

Ⓐ 要和我一起去嗎？

Would you like to come with me?
　屋糾　賴克兔　康　位斯 密

Ⓑ 改天吧！

Maybe some other time.
美批　　桑　　阿樂 太ㄇ

• •

Ⓐ 來嘛！會很好玩的。

Come on. That would be fun.
康　忘　類　屋　逼 放

Ⓑ 改天吧！

Maybe some other time.
美批　　桑　　阿樂 太ㄇ

急用例句 **好好享樂**

好好玩！
Have fun.
黑夫　放

● 急用會話 ●

Ⓐ 好好玩！
Have fun.
黑夫　放

Ⓑ 我會的！
I will.
愛我

Ⓐ 我要去派對了！
I'm going to the party.
愛門 勾引　兔勒　趴提

Ⓑ 好好玩！
Have fun.
黑夫　放

track 074

 開心玩樂

我玩得很開心。

I was having a great time.

愛瓦雌 黑夫因 亡 鬼雷特 太ㄣ

●急用會話●

Ⓐ 派對很棒吧！

Nice party.

耐斯 趴提

Ⓑ 是啊！我玩得很開心。

Yeah. I was having a great time.

訝 愛瓦雌 黑夫因 亡 鬼雷特 太ㄣ

● ●

Ⓐ 上學順利嗎？

School alright?

撕褲兒 歐軟特

Ⓑ 是啊！我玩得很開心。

Yeah. I was having a great time.

訝 愛瓦雌 黑夫因 亡 鬼雷特 太ㄣ

急用例句 **恭喜**

恭喜！
Congratulations.
康鬼居勒訓斯

● 急用會話 ●

Ⓐ 我上星期加薪了。

I got a raise last week.
愛 咖 亡 肉絲 賴斯特 屋一克

Ⓑ 恭喜！

Congratulations.
康鬼居勒訓斯

Ⓐ 我做到了！

I just made it!
愛 賈斯特 妹得 一特

Ⓑ 恭喜！

Congratulations.
康鬼居勒訓斯

track 075

 祝好運

祝你好運。
Good luck.
估的 辣克

● 急用會話 ●

Ⓐ 我要走了。

I have got to go.
愛黑夫 咖 兔購

Ⓑ 祝你好運。

Good luck.
估的 辣克

Ⓐ 祝你好運。

Good luck.
估的 辣克

Ⓑ 是啊，我是需要！

Yeah, I need it.
訝 愛尼的 一特

保重

保重。
Take care.
坦克 卡耳

急用會話

Ⓐ 保重。

Take care.
坦克 卡耳

Ⓑ 再見。

See you around.
吸 優 婀壯

Ⓐ 保重。

Take care.
坦克 卡耳

Ⓑ 是啊！你也是！

Yeah, you too.
訝 優 兔

track 076

急用例句 同樣的祝福

你也是！
Same to you.
桑姆　兔　優

急用會話

Ⓐ 耶誕節快樂！
Merry Christmas.
沒若　苦李斯悶斯

Ⓑ 你也是！
Same to you.
桑姆　兔　優

- - - - - - - - - - - - - - - - -

Ⓐ 感恩節快樂！
Have a nice Thanksgiving.
黑夫　亡　耐斯　山克斯寄敏

Ⓑ 你也是！
Same to you.
桑姆　兔　優

076 **track** 跨頁共同導讀

一天都順利

祝你有愉快的一天！

Have a good day.

黑夫 古 估的 得

●急用會話●

Ⓐ 待會見。

See you later.

吸 優 淚特

Ⓑ 祝你有愉快的一天！

Have a good day.

黑夫 古 估的 得

● ●

Ⓐ 祝你有愉快的一天！

Have a good day.

黑夫 古 估的 得

Ⓑ 你也是！

You too.

優 兔

track 077

急用
例句 **是否要出發**

我們可以走了嗎？
Shall we?
修 屋依

●急用會話●

Ⓐ 我們可以走了嗎？

Shall we?
修 屋依

Ⓑ 但是我還沒準備好！

But... I'm not ready.
霸特 愛門 那 瑞底

•••••••••••••••••••••••

Ⓐ 我們可以走了嗎？

Shall we?
修 屋依

Ⓑ 好了！我們走吧！

OK, come on, let's go.
OK 康 忘 辣資購

急用例句 **準備要離開**

我真的要走了。
I really have to go.
愛瑞兒裡　黑夫　兔　購

•急用會話•

Ⓐ 我真的要走了。

I really have to go.
愛瑞兒裡 黑夫 兔 購

Ⓑ 待會見。

See you later.
吸　優　淚特

Ⓐ 我真的要走了。

I really have to go.
愛瑞兒裡 黑夫 兔 購

Ⓑ 保重。

lake care.
坦克　卡耳

track 078

急用
例句 **一起出發**

我們走吧！

Let's go.

辣資 購

● **急用會話** ●

Ⓐ 我們走吧！

Let's go.

辣資　購

Ⓑ 現在嗎？

Right now?

軟特　惱

Ⓐ 我們走吧！

Let's go.

辣資　購

Ⓑ 好！

Sure.

秀

078 **track** 跨頁共同導讀

再見。
Good-bye.
估 的　拜

● 急用會話 ●

Ⓐ 再見。
See you.
吸　優

Ⓑ 再見。
Good-bye.
估 的　拜

● ● ● ● ● ● ● ● ● ● ● ● ● ● ● ● ● ● ●

Ⓐ 現在很晚了。
It's pretty late now.
依次 撲一替 淚特 惱

Ⓑ 好！再見。
Sure. Good-bye.
秀　　估的　拜

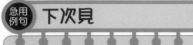

track 079

急用例句 **下次見**

下次見！
See you next time.
吸　優　耐司特　太ㄇ

•急用會話•

Ⓐ 我要離開幾天的時間。

I'm going away for a few days.

愛門　勾引　ㄟ為　佛ㄊ否　得斯

Ⓑ 下次見！

See you next time.

吸　優　耐司特　太ㄇ

• • • • • • • • • • • • • • • • • •

Ⓐ 該是說再見的時候了。

It's about time to say good-bye.

依次　爺寶兒太ㄇ兔塞　估的拜

Ⓑ 下次見！

See you next time.

吸　優　耐司特　太ㄇ

079 **track** 跨頁共同導讀

 急用 例句 是時候了

時候到了！
It's about time.
依次 爺寶兒 太口

● **急用會話** ●

Ⓐ 時候到了！

It's about time.
依次 爺寶兒 太口

Ⓑ 要幹嘛？

Time for what?
太口 佛 華特

Ⓐ 時候到了！

It's about time.
依次 爺寶兒 太口

Ⓑ 好了！我們走吧！

OK, come on, let's go.
OK 康 忘 辣資購

track 080

急用
例句 **何時要動身**

你何時要離開？

When are you off?

昏　阿　優　歐夫

● **急用會話** ●

Ⓐ 我是來道別的！

I've come to say good-bye.

愛夫　康　兔塞　估的拜

Ⓑ 你何時要離開？

When are you off?

昏　阿　優　歐夫

‧ ‧ ‧ ‧ ‧ ‧ ‧ ‧ ‧ ‧ ‧ ‧ ‧ ‧ ‧ ‧ ‧ ‧ ‧

Ⓐ 我打電話來道別。

I'm calling to say good-bye.

愛門　摳林　兔塞　估的拜

Ⓑ 你何時要離開？

When are you off?

昏　阿　優　歐夫

是時間作某事

該吃晚飯了。
It's time for dinner.
依次 太口 佛　丁呢

● **急用會話**

Ⓐ 現在很晚了。

It's pretty late now.
依次 撲一替 淚特 惱

Ⓑ 該吃晚飯了。

It's time for dinner.
依次 太口 佛　丁呢

● ●

Ⓐ 我有一點餓了。

I'm kind of hungry.
愛門 砍特 歐夫 航鬼力

Ⓑ 該吃晚飯了。

It's time for dinner.
依次 太口 佛　丁呢

track 081

急用
例句 **開我玩笑**

你是在開我玩笑的吧?
Are you kidding me?
阿 優 ㄎㄧㄒ 密

● 急用會話 ●

Ⓐ 你是在開我玩笑的吧?

Are you kidding me?
阿 優 ㄎㄧㄒ 密

Ⓑ 我沒有!

I am not.
愛 M 那

• •

Ⓐ 我做了什麼事?

What did I do?
華特 低愛賭

Ⓑ 你是在開我玩笑的吧?

Are you kidding me?
阿 優 ㄎㄧㄒ 密

急用例句 **開玩笑**

你一定是在開玩笑！
You must be kidding.
優　妹司特　逼　ㄎㄧㄥ

● 急用會話 ●

Ⓐ 你一定是在開玩笑！

You must be kidding.
優　妹司特　逼　ㄎㄧㄥ

Ⓑ 為什麼？

How come?
好　　康

● ● ● ● ● ● ● ● ● ● ● ● ● ● ● ● ● ●

Ⓐ 這不是我的錯。

It's not my fault.
依次　那　買　佛特

Ⓑ 你一定是在開玩笑！

You must be kidding.
優　妹司特　逼　ㄎㄧㄥ

track 082

急用
例句 **認真態度**

不是開玩笑的吧！
No kidding?
弄 ㄎㄧㄉ

●急用會話●

Ⓐ 我就是這個意思。

It's what I mean.

依次 華特 愛 密

Ⓑ 不是開玩笑的吧！

No kidding?

弄 ㄎㄧㄉ

● ●

Ⓐ 老兄，幹得好。

Good job! Buddy.

估的 假伯 八地

Ⓑ 不是開玩笑的吧！

No kidding?

弄 ㄎㄧㄉ

交往

你是不是正和某人在約會？

Are you seeing someone?

阿　優　吸引　桑萬

●急用會話●

Ⓐ 你是不是正和某人在約會？

Are you seeing someone?

阿　優　吸引　桑萬

Ⓑ 好了，別擔心了。

Come on, don't worry about it.

康　忘　動特　窩瑞　爺賓兒一特

• • • • • • • • • • • • • • • • • • • •

Ⓐ 你是不是正和某人在約會？

Are you seeing someone?

阿　優　吸引　桑萬

Ⓑ 你怎麼會知道？

How do you know?

好　賭　優　弄

track 083

急用
例句 **示愛**

我愛你。
I love you.
愛 勒夫 優

● 急用會話 ●

🅐 你愛我嗎？

Say you love me?
塞 優 勒夫密

🅑 我愛你。

I love you.
愛 勒夫 優

• •

🅐 我愛你

I love you.
愛 勒夫 優

🅑 你好噁心！

You make me sick.
優 妹克 密 西客

分手

> 我和馬克分手了。
> **I broke up with Mark.**
> 愛 不羅客 阿鋪 位斯 馬克

●急用會話●

Ⓐ 你看起來糟透了！怎麼啦？

You look terrible. What's wrong?
優 路克 太蘿葍　華資　弄

Ⓑ 我和馬克分手了。

I broke up with Mark.
愛 不羅客 阿鋪 位斯 馬克

● ● ● ● ● ● ● ● ● ● ● ● ● ● ● ● ● ● ●

Ⓐ 馬克還好吧？

How is Mark?
好 意思 馬克

Ⓑ 我和馬克分手了。

I broke up with Mark.
愛 不羅客 阿鋪 位斯 馬克

track 084

急用例句 關係結束

我們之間完了！

It's over between us.

依次　歐佛　逼吹　惡斯

●急用會話●

Ⓐ 拜託，不要離開我！

Don't leave me. Please!

動特　力夫　密　普利斯

Ⓑ 我們之間完了！

It's over between us.

依次 歐佛　逼吹　惡斯

Ⓐ 你們分居了嗎？

Are you separated?

阿　優　塞婆瑞踢特

Ⓑ 我們之間完了！

It's over between us.

依次 歐佛　逼吹　惡斯

急用例句 **絕交**

我們不再是朋友了！
We're not friends anymore.
屋阿　那　富懶得撕　安尼摩爾

● 急用會話 ●

Ⓐ 我以為你們是朋友。

I thought you were friends.
愛　收特　優　我兒　富懶得撕

Ⓑ 我們不再是朋友了！

We're not friends anymore.
屋阿　那　富懶得撕　安尼摩爾

● ● ● ● ● ● ● ● ● ● ● ● ● ● ● ● ● ● ●

Ⓐ 你剛剛說什麼？

What did you just say?
華特　低　優賈斯特塞

Ⓑ 我們不再是朋友了！

We're not friends anymore.
屋阿　那　富懶得撕　安尼摩爾

track 085

 急用
例句　期望

我很期待這件事。

I'm looking forward to it.

愛門　路克引　佛臥得　兔一特

● 急用會話 ●

Ⓐ 這行不通的！

It won't work.

一特 甕　臥克

Ⓑ 我很期待這件事。

I'm looking forward to it.

愛門 路克引　佛臥得　兔一特

• •

Ⓐ 你想要說什麼？

What are you trying to say?

華特　阿　優　踹引　兔塞

Ⓑ 我很期待這件事。

I'm looking forward to it.

愛門 路克引　佛臥得　兔一特

急用例句 **相同的期望**

希望如此。
I hope so.
愛 厚ㄆ 蒐

● 急用會話 ●

Ⓐ 你必須立刻開始工作。

You must start working at once.
優 妹司特 司打 臥慶 ㄟ 萬斯

Ⓑ 希望如此。

I hope so.
愛 厚ㄆ 蒐

• • • • • • • • • • • • • • • • • • • •

Ⓐ 我已和他達成協定。

I have come to terms with him.
愛 黑夫 康 兔 疼斯 位斯 恨

Ⓑ 希望如此。

I hope so.
愛 厚ㄆ 蒐

track 086

急用
例句 **單純的想法**

這只是一個想法。
Just a thought.
賈斯特 ㄜ 收特

● 急用會話 ●

Ⓐ 你確定嗎？

Are you sure?
阿　優　秀

Ⓑ 這只是一個想法。

Just a thought.
賈斯特 ㄜ 收特

. . . .

Ⓐ 你是認真的嗎？

Are you serious?
阿　優　西瑞耳司

Ⓑ 這只是一個想法。

Just a thought.
賈斯特 ㄜ 收特

086 **track** 跨頁共同導讀

那值得一試。
It's worth a shot.
依次 臥施 さ 下特

●急用會話●

Ⓐ 你建議什麼？

What do you recommend?
華特 賭 優 瑞卡曼得

Ⓑ 那值得一試。

It's worth a shot.
依次 臥施 さ 下特

Ⓐ 我會盡力的！

I will do my best!
愛我 賭 買 貝斯特

Ⓑ 那值得一試。

It's worth a shot.
依次 臥施 さ 下特

track 087

急用例句　先想一想

讓我想想。

Let me see.

勒　密　吸

●急用會話●

Ⓐ 我們週末有什麼計畫嗎？

Do we have any plans for the weekend?

賭　屋依 黑夫　安尼　不蘭斯佛　勒屋　一肯特

Ⓑ 讓我想想。

Let me see.

勒　密　吸

Ⓐ 去散步怎麼樣？

What do you say to take a walk?

華特 賭　優　塞　兔坦克 亡臥克

Ⓑ 讓我想想。

Let me see.

勒　密　吸

急用例句 **注意聽**

聽著!
Listen.
樂身

● 急用會話 ●

Ⓐ 我很生氣。

I was so angry.
愛 瓦雌 蒐 安鬼

Ⓑ 聽著!別抱怨了!

Listen. Stop complaining.
樂身　司踏不　康瀑藍引

Ⓐ 聽著!

Listen.
樂身

Ⓑ 什麼事?

Yes?
夜司

track 088

急用
例句 **聽某人說話**

聽我說。

Listen to me.

樂身　兔　密

●急用會話●

Ⓐ 大家都會嘲笑我。

Everyone will laugh at me.

哀複瑞萬　我　賴夫　ㄟ　密

Ⓑ 聽我説。

Listen to me.

樂身　兔　密

● ● ● ● ● ● ● ● ● ● ● ● ● ● ● ● ● ● ● ●

Ⓐ 我不要！

I don't want to.

愛動特　忘特　兔

Ⓑ 聽我説。

Listen to me.

樂身　兔　密

急用
例句 **注意看**

你看！
Look.
路克

● 急用會話 ●

Ⓐ 你看！
　Look.
　路克

Ⓑ 真酷！
　It's awesome.
　依次　歐森

Ⓐ 你看！
　Look.
　路克

Ⓑ 哇！你做的？
　Wow, you made it?
　哇　　優　妹得一特

track 089

急用
例句 **審視自己**

看看你！
Look at you.
路克 ㄟ 優

● 急用會話 ●

Ⓐ 看看你！
Look at you.
路克 ㄟ 優

Ⓑ 我很好啊！
I am fine.
愛 M 凡

Ⓐ 看看你！
Look at you.
路克 ㄟ 優

Ⓑ 有問題嗎？
Something wrong?
桑性　　弄

急用
例句 **感謝**

謝謝你。
Thank you.
　　山糾

● 急用會話 ●

Ⓐ 謝謝你。

Thank you.
　　山糾

Ⓑ 不必客氣！

It's OK.
依次 OK

● ●

Ⓐ 我們會盡可能的快一點過去！

We'll come as soon as we can.
屋依我　康　ㄟ斯　訓　ㄟ斯 屋依 肯

Ⓑ 謝謝你。

Thank you.
　　山糾

track 090

急用
例句　**感謝所有的事**

> 這一切都要謝謝你。
> **Thank you for everything.**
> 山糾　　佛　　衰襫瑞性

●急用會話●

Ⓐ 我們會陪著你啊！

You have us.

優　黑夫　惡斯

Ⓑ 這一切都要謝謝你。

Thank you for everything.

山糾　　佛　　衰襫瑞性

・・・・・・・・・・・・・・・・・・・・・・・

Ⓐ 這一切都要謝謝你。

Thank you for everything.

山糾　　佛　　衰襫瑞性

Ⓑ 不必客氣！

Don't mention it.

動特　　沒訓　一特

急用
例句 **致歉**

我很抱歉。
I'm so sorry.
愛門 蒐 蒐瑞

●急用會話●

Ⓐ 我很抱歉。

I'm so sorry.
愛門 蒐 蒐瑞

Ⓑ 沒關係！

It's OK.
依次 OK

· ·

Ⓐ 我很抱歉。

I'm so sorry.
愛門 蒐 蒐瑞

Ⓑ 別擔心。

Don't worry.
動特 窩瑞

track 091

急用
例句 **請求原諒**

原諒我。
Forgive me.
佛寄　　密

●急用會話●

🅐 原諒我。

Forgive me.
佛寄　　密

🅑 你欠我一個人情。

You owe me one.
優　歐　密　萬

● ●

🅐 原諒我。

Forgive me.
佛寄　　密

🅑 夠了！

That's enough!
類茲　　A那夫

急用
例句　**認錯**

我的錯。
My mistake.
買　咪斯坦克

●急用會話●

Ⓐ 我的錯。

My mistake.
買　咪斯坦克

Ⓑ 算了！

Forget it.
佛給特 一特

· ·

Ⓐ 很遺憾聽到這件事。

I'm sorry to hear that.
愛門 蒐瑞　兔 厂一爾 類

Ⓑ 我的錯。

My mistake.
買　咪斯坦克

track 092

 搞砸

我搞砸了。
I messed it up.
愛 賣司的 一特 阿鋪

● 急用會話 ●

Ⓐ 你到底在幹嘛？

What the hell are you doing?
華特 勒 害耳 阿 優 督引

Ⓑ 我搞砸了。

I messed it up.
愛 賣司的 一特 阿鋪

● ● ● ● ● ● ● ● ● ● ● ● ● ● ● ● ● ● ● ●

Ⓐ 那是什麼啊？

What is that?
華特 意思 類

Ⓑ 我搞砸了。

I messed it up.
愛 賣司的 一特 阿鋪

092 track 跨頁共同導讀

 急用
例句 **不必道歉**

不必道歉。
Don't be sorry.
動特　逼　蒐瑞

● 急用會話 ●

Ⓐ 都是我的錯。

It's my mistake.
依次　買　咪斯坦克

Ⓑ 不必道歉。

Don't be sorry.
動特　逼　蒐瑞

● ● ● ● ● ● ● ● ● ● ● ● ● ● ● ● ● ● ●

Ⓐ 我感到非常抱歉！

I'm terribly sorry.
愛門　太蘿葡利　蒐瑞

Ⓑ 不必道歉。

Don't be sorry.
動特　逼　蒐瑞

track 093

 接受道歉

沒關係！
It's OK.
依次 OK

● 急用會話 ●

Ⓐ 對不起，讓你久等了。

Sorry, I kept you waiting.
蔻瑞 愛 給波的 優 位聽

Ⓑ 沒關係！

It's OK.
依次 OK

. . . .

Ⓐ 我忘了你的名字。

I've forgotten your name.
愛夫 佛咖疼 幼兒 捏嗯

Ⓑ 沒關係！

It's OK.
依次 OK

不客氣

不客氣！
Don't mention it.
動特　　沒訓　一特

● 急用會話 ●

Ⓐ 我真的很感謝。

I really appreciate it.
愛 瑞兒裡 A鋪西ㄟ特 一特

Ⓑ 不客氣！

Don't mention it.
動特　　沒訓　一特

- -

Ⓐ 謝謝你的撥冗。

Thank you for your time.
山糾　　佛 幼兒 太ㄇ

Ⓑ 不客氣！

Don't mention it.
動特　　沒訓　一特

track 094

急用
例句 **別妄想**

不可能。
No way.
弄　位

● 急用會話 ●

Ⓐ 我可以邀請蘇姍嗎？

Can I invite Susan?
肯 愛 印賣特　蘇森

Ⓑ 不可能。

No way.
弄　位

‧ ‧ ‧ ‧ ‧ ‧ ‧ ‧ ‧ ‧ ‧ ‧ ‧ ‧ ‧ ‧ ‧ ‧ ‧ ‧

Ⓐ 好機會，不是嗎？

It's a good opportunity, isn't it?
依次 亡 估的　阿婆兔耐替　一任 一特

Ⓑ 不要。

No way.
弄　位

急用例句 過得好

再好不過了！
Never better.
耐摩　杯特

● 急用會話 ●

Ⓐ 你好嗎？

How are you doing?
好　阿　優　督引

Ⓑ 再好不過了！

Never better.
耐摩　杯特

Ⓐ 你最近怎樣？

How have you been?
好　黑夫　優　兵

Ⓑ 再好不過了！

Never better.
耐摩　杯特

track 095

急用
例句 **目前狀況很好**

目前為止都還可以。

So far so good.
蒐 罰 蒐 估的

●急用會話●

Ⓐ 你好嗎？

How are you doing?
好 阿 優 督引

Ⓑ 目前為止都還可以。

So far so good.
蒐 罰 蒐 估的

● ● ● ● ● ● ● ● ● ● ● ● ● ● ● ● ● ● ●

Ⓐ 事情都還好吧？

How is it going?
好 意思 一特 勾引

Ⓑ 目前為止都還可以。

So far so good.
蒐 罰 蒐 估的

樂意的態度

我的榮幸。
My pleasure.
買　舖來紉

●急用會話●

Ⓐ 謝謝你。

Thank you.
　　山紉

Ⓑ 我的榮幸。

My pleasure.
買　舖來紉

● ●

Ⓐ 真高興見到你。

Good to see you.
估的　兔　吸　優

Ⓑ 我的榮幸。

My pleasure.
買　舖來紉

track 096

 肯定的回應

當然是啊！

Of course.

歐夫　寇斯

●**急用會話**●

Ⓐ 也許這是個好機會，對吧？

Maybe it's a good chance, right?

美批 依次 亡 估的　券斯　軟特

Ⓑ 當然是啊！

Of course.

歐夫 寇斯

• •

Ⓐ 你可以展示給我看怎麼操作嗎？

Could you show me how it works?

苦糾　　秀　密　好 一特 臥克斯

Ⓑ 當然好啊！

Of course.

歐夫 寇斯

急用
例句 **情況的確是如此**

也許就是這樣。

Perhaps so.

頗爾哈撲司 蒐

● 急用會話 ●

Ⓐ 這是你的責任。

It's your responsibility.

依次 幼兒 瑞斯旁捨批樂踢

Ⓑ 也許就是這樣。

Perhaps so.

頗爾哈撲司 蒐

• •

Ⓐ 事情不是他們所想像的那樣。

It's not what they thought.

依次 那 華特 勒 收特

Ⓑ 也許就是這樣。

Perhaps so.

頗爾哈撲司 蒐

track 097

 急用 停止評論
例句

不要這麼說。

Don't say so.

動特　塞　蒐

●急用會話●

Ⓐ 真令人失望！

What a let down!

華特　亢　勒　黨

Ⓑ 不要這麼說。

Don't say so.

動特　塞　蒐

. . . .

Ⓐ 你不關心，對吧？

You don't care, right?

優　動特　卡耳　軟特

Ⓑ 不要這麼說。

Don't say so.

動特　塞　蒐

急用
例句 **不足為奇**

這是常有的事。
It happens.
一特 黑噴斯

● 急用會話 ●

Ⓐ 你為什麼會這麼認為？

What makes you think so?
華特 妹克斯 優 施恩客蔲

Ⓑ 這是常有的事。

It happens.
一特 黑噴斯

Ⓐ 這女孩不會聽從的！

The girl won't listen.
勒 哥樓 甕 樂身

Ⓑ 這是常有的事。

It happens.
一特 黑噴斯

track 098

急用
例句 **不相信是真的**

真的？
Really?
瑞兒裡

● 急用會話 ●

🅐 我還有一個問題。

I have one more question.

愛 黑夫 萬 摩爾 魁私去

🅑 真的？

Really?

瑞兒裡

• • • • • • • • • • • • • • • • • • • •

🅐 真的？

Really?

瑞兒裡

🅑 是的，是真的！

Yes, it is.

夜司 一特 意思

2
1
4

急用
例句

其他需求

還有其他事嗎？
Anything else?
安尼性　愛耳司

●急用會話●

Ⓐ 還有其他事嗎？

Anything else?
安尼性　愛耳司

Ⓑ 沒有，完全沒事了！

No, not at all.
弄　那　乀　歐

● ● ● ● ● ● ● ● ● ● ● ● ● ● ● ● ● ● ●

Ⓐ 你不可以這麼做！

You can't do this.
優　肯特　賭　利斯

Ⓑ 還有其他事嗎？

Anything else?
安尼性　愛耳司

track 099

急用例句 **質疑**

所以呢？
So?
蒐

●**急用會話**●

Ⓑ 所以呢？
So?
蒐

Ⓑ 所以我們出去走走吧！
So... let's get out of here.
蒐　辣資 給特 凹特 歐夫 ㄏㄧ爾

. . . .

Ⓐ 我需要買生日禮物。
I need to buy birthday presents.
愛 尼的 兔　百　啵斯帶　撲一忍斯

Ⓑ 所以呢？
So?
蒐

099 track 跨頁共同導讀

 急用例句 質疑又如何

那又怎麼樣？
So what?
蒐 華特

● 急用會話 ●

Ⓐ 會很難使用，不是嗎？

It's hard to use, isn't it?
依次 哈得 兔 又司 一任 一特

Ⓑ 那又怎麼樣？

So what?
蒐 華特

- -

Ⓐ 我們昨天狠狠地打了一架。

We had a terrible fight yesterday.
屋依 黑的 亡 太蘿蔔 費特 夜司特得

Ⓜ 那又怎麼樣？

So what?
蒐 華特

 track 100

 提示

看吧！
See?
吸

●急用會話●

Ⓐ 看吧！
See?
吸

Ⓑ 我不相信。
I can't believe it.
愛 肯特 逼力福 一特

● ●

Ⓐ 看見了嗎？
See?
吸

Ⓑ 不會吧！
It can't be.
一特 肯特 逼

急用
例句 **保證**

你保證？
You promise?
優　趴摩斯

●急用會話●

Ⓐ 我向你保證。

You have my word.
優　黑夫　買　趴的

Ⓑ 你保證？

You promise?
優　趴摩斯

● ● ● ● ● ● ● ● ● ● ● ● ● ● ● ● ● ● ●

Ⓐ 不可能。

That's impossible.
類茲　因趴色伯

Ⓑ 你保證？

You promise?
優　趴摩斯

track 101

急用
例句 **失去理智**

別失去理智。
Don't lose your mind.
動特　路濕　幼兒　麥得

● 急用會話 ●

Ⓐ 我真蠢做了這樣的事！

I'm so crazy to do such a thing.
愛門　蒐　廚理　兔賭　薩區　亡　性

Ⓑ 別失去理智。

Don't lose your mind.
動特　路濕　幼兒　麥得

● ●

Ⓐ 我是怎麼回事啊？

What's my problem?
華資　　買　　撲拉本

Ⓑ 別失去理智。

Don't lose your mind.
動特　路濕　幼兒　麥得

提出建議

接受我的建議。
Take my advice.
坦克　買　阿得賣司

● 急用會話 ●

Ⓐ 接受我的建議。

Take my advice.
坦克　買　阿得賣司

Ⓑ 你一點忙都沒幫上。

You are no help at all.
優　阿　弄黑耳久ㄟ歐

- -

Ⓐ 你會怎麼認為呢？

What would you think?
華特　　屋糾　　施恩客

Ⓑ 接受我的建議。

Take my advice.
坦克　買　阿得賣司

track 102

急用例句 勸對方多加思考

用用腦吧！
Use your head.
又司　幼兒　黑的

● 急用會話 ●

Ⓐ 我不知道要怎麼做。

I don't know what to do.

愛動特　弄　華特　兔　賭

Ⓑ 用用腦吧！

Use your head.

又司　幼兒　黑的

● ● ● ● ● ● ● ● ● ● ● ● ● ● ● ● ● ● ● ●

Ⓐ 你覺得呢？

What do you think?

華特　賭　優　施恩客

Ⓑ 用用腦吧！

Use your head.

又司　幼兒　黑的

急用
例句 **白日夢**

別作夢了！
Wake up.
胃課 阿鋪

●急用會話●

Ⓐ 那值得一試。

It's worth a shot.
依次 臥施 亡 下特

Ⓑ 別作夢了！

Wake up.
胃課 阿鋪

Ⓐ 也許她對我很迷戀！

Maybe she's crazy about me.
美批 需一斯 虧理 爺寶兒 密

Ⓑ 別作夢了！

Wake up.
胃課 阿鋪

track 103

急用
例句　**開心聽見好消息**

我很高興聽見這件事。

I'm glad to hear that.

愛門 葛雷得 兔 ㄏㄧ爾 類

●急用會話●

Ⓐ 我加薪了！

I got a raise.

愛 咖 亡 肉絲

Ⓑ 我很高興聽見這件事。

I'm glad to hear that.

愛門 葛雷得 兔 ㄏㄧ爾 類

● ● ● ● ● ● ● ● ● ● ● ● ● ● ● ● ● ● ● ●

Ⓐ 我們下個月要結婚了！

We are going to marry next month.

屋依 阿 勾引 兔 妹入 耐司特 忙斯

Ⓑ 我很高興聽見這件事。

I'm glad to hear that.

愛門 葛雷得 兔 ㄏㄧ爾 類

急用
例句 **遺憾聽見壞消息**

我很遺憾聽見這件事。
I'm sorry to hear that.
愛門 蒐瑞 兔 ㄏ一爾 類

● 急用會話 ●

Ⓐ 我因為錢和你結婚。

I married you because of your money.

愛 妹入特 優 逼寇司 歐夫 幼兒 曼尼

Ⓑ 我很遺憾聽見這件事。

I'm sorry to hear that.

愛門 蒐瑞 兔 ㄏ一爾 類

Ⓐ 那是意外！

It was an accident.

一特 瓦雌 恩 A色等的

Ⓑ 我很遺憾聽見這件事。

I'm sorry to hear that.

愛門 蒐瑞 兔 ㄏ一爾 類

track 104

急用
例句　**別無選擇**

我別無選擇。

I have no choice.

愛 黑夫　弄　丘以私

●急用會話●

Ⓐ 你這是什麼意思？

What do you mean by that?

華特　賭　優　密　百　類

Ⓑ 我別無選擇。

I have no choice.

愛 黑夫　弄　丘以私

・・・・・・・・・・・・・・・・・・・・・・

Ⓐ 我別無選擇。

I have no choice.

愛 黑夫　弄　丘以私

Ⓑ 凡事都會沒問題的。

Everything will be fine.

衰複瑞性　我　逼　凡

226

急用例句 **尚未決定**

我還沒有決定。
I haven't decided yet.
愛　黑悶　　低賽低的　耶特

●急用會話●

Ⓐ 我還沒有決定。

I haven't decided yet.
愛　黑悶　　低賽低的　耶特

Ⓑ 有什麼問題嗎？

Is there something wrong?
意思　淚兒　　桑性　　　弄

Ⓐ 我還沒有決定。

I haven't decided yet.
愛　黑悶　　低賽低的　耶特

Ⓑ 為什麼還沒決定？

Why not?
壞　　那

track 105

急用例句 **盡力**

我盡量。
I will do my best.
愛 我 賭 買 貝斯特

急用會話

Ⓐ 做你應該做的事。

Do what you have to do.
賭 華特 優 黑夫 兔 賭

Ⓑ 我盡量。

I will do my best.
愛 我 賭 買 貝斯特

●●●●●●●●●●●●●●●●●●●●●●●●●

Ⓐ 那值得一試，對吧？

It's worth a shot, right?
依次 臥施 亡 下特 軟特

Ⓑ 是啊！我盡量。

Sure. I will do my best.
秀 愛 我 賭 買 貝斯特

急用
例句 **遺憾是如此**

恐怕是如此的。
I'm afraid so.
愛門 哀福瑞特 蒐

● 急用會話

Ⓐ 你是認真的？

Are you serious?
阿　優　西瑞耳司

Ⓑ 恐怕是如此的。

I'm afraid so.
愛門 哀福瑞特 蒐

● ● ● ● ● ● ● ● ● ● ● ● ● ● ● ●

Ⓐ 星期一有可能會下雨嗎？

Is it supposed to rain on Monday?
意思 一特 捨破斯的 兔瑞安 忘 慢得

Ⓑ 我很遺憾恐怕會。

I'm afraid so.
愛門 哀福瑞特 蒐

track 106

急用例句 遺憾不是如此

恐怕不行。
I'm afraid not.
愛門 哀福瑞特 那

●急用會話●

Ⓐ 現在有空談一談嗎？

Got a minute to talk?
咖 さ 咪逆特 兔 透克

Ⓑ 恐怕不行。

I'm afraid not.
愛門 哀福瑞特 那

● ● ● ● ● ● ● ● ● ● ● ● ● ● ● ● ●

Ⓐ 你有什麼計畫嗎？

Do you have any plans?
賭 優 黑夫 安尼 不蘭斯

Ⓑ 恐怕是沒有。

I'm afraid not.
愛門 哀福瑞特 那

急用例句 惋惜

好可惜啊！
What a pity!
華特 さ 批替

● 急用會話 ●

Ⓐ 這和我預期的不同！

It's different from what I expected.

依次 低粉特　防　華特 愛 醫師波特踢的

Ⓑ 好可惜啊！

What a pity!

華特 さ 批替

‥‥‥‥‥‥‥‥‥‥‥‥‥‥‥‥

Ⓐ 我有一點想家。

I'm still feeling a little homesick.

愛門 斯提歐 非寧 さ 裡頭　厚 西客

Ⓑ 好可惜啊！

What a pity!

華特 さ 批替

track 107

急用
例句 **後悔**

我後悔做那件事。

I regret doing that.

愛瑞鬼特　督引　類

●急用會話●

Ⓐ 你真丟臉！

Shame on you!

邪門　忘　優

Ⓑ 我後悔做那件事。

I regret doing that.

愛瑞鬼特 督引　類

‧‧‧‧‧‧‧‧‧‧‧‧‧‧‧‧‧‧‧‧‧

Ⓐ 我後悔做那件事。

I regret doing that.

愛瑞鬼特 督引　類

Ⓑ 你什麼也不知道啊！

You don't know anything.

優　動特　弄　安尼性

急用
例句 **失望**

不要讓我失望。
Don't let me down.
動特　勒　密　黨

●急用會話●

Ⓐ 要相信我！

Just trust me.
賈斯特 差司特 密

Ⓑ 不要讓我失望。

Don't let me down.
動特　勒　密　黨

● ●

Ⓐ 不要讓我失望。

Don't let me down.
動特　勒　密　黨

Ⓑ 我不會的！

I won't.
愛　甕

track 108

急用
例句 **迷路**

我迷路了。

I'm lost.

愛門 漏斯特

● 急用會話 ●

Ⓐ 需要我提供協助嗎？

May I help you?

美 愛 黑耳ㄆ優

Ⓑ 我迷路了。

I'm lost.

愛門 漏斯特

● ● ● ● ● ● ● ● ● ● ● ● ● ● ● ● ● ● ● ●

Ⓐ 你要去哪裡？

Where are you going?

灰耳 阿 優 勾引

Ⓑ 我迷路了。

I'm lost.

愛門 漏斯特

② ③ ④

急用例句 **不必上班**

我今天不用上班。
I'm off today.
愛門 歐夫 特得

• 急用會話 •

Ⓐ 你在這裡做什麼？

What are you doing here?
華特　阿　優　督引　ㄏㄧ爾

Ⓑ 我今天不用上班。

I'm off today.
愛門 歐夫 特得

• • • • • • • • • • • • • • • • • • •

Ⓐ 你上班會遲到啊！

It's so late for your work.
依次 蒐 淚特 佛　幼兒 臥克

Ⓑ 我今天不用上班。

I'm off today.
愛門 歐夫 特得

track 109

 度假中

我在休假中。
I'm on vacation.
愛門　忘　肥肯遜

● 急用會話 ●

Ⓐ 你回來就打電話給我！

Call me when you are back.
搖　密　昏　優　阿　貝克

Ⓑ 但是我在休假中。

But I'm on vacation.
霸特　愛門　忘　肥肯遜

● ●

Ⓐ 你有收電子郵件嗎？

Did you check your e-mails?
低　優　切客　幼兒　e妹兒斯

Ⓑ 沒有耶！我在休假中。

Nope. I'm on vacation.
弄破　愛門　忘　肥肯遜

急用
例句 累壞了

我累死了！
I'm exhausted.
愛門 一個肉死踢的

●急用會話●

Ⓐ 你看起來糟透了。你還好吧？

You look terrible. Are you OK?

優 路克 太蘿蔔 阿 優 OK

Ⓑ 我累死了！

I'm exhausted.

愛門 一個肉死踢的

● ● ● ● ● ● ● ● ● ● ● ● ● ● ● ● ● ● ● ●

Ⓐ 凡事還好吧？

Is everything OK?

意思 哀複瑞性 OK

Ⓑ 我累死了！

I'm exhausted.

愛門 一個肉死踢的

track 110

急用
例句　**不舒服**

我覺得不舒服。
I don't feel well.
愛 動特　非兒 威爾

●急用會話●

Ⓐ 我覺得不舒服。

I don't feel well.
愛 動特 非兒 威爾

Ⓑ 你要阿斯匹靈嗎？

Do you want some aspirin?
睹　優　忘特　桑　阿斯匹靈

● ●

Ⓐ 我覺得不舒服。

I don't feel well.
愛 動特 非兒 威爾

Ⓑ 你要多出去走走！

You really need to get out more.
優　瑞兒裡　尼的　兔給特 四特 摩爾

發燒

我發燒了。
I have a fever.
愛 黑夫 ㄜ 非佛

●急用會話●

Ⓐ 你還好吧？

Are you OK?
阿 優 OK

Ⓑ 我發燒了。

I have a fever.
愛 黑夫 ㄜ 非佛

● ●

Ⓐ 你看起來很蒼白！

You look really pale.
優 路克 瑞兒裡 派耳

Ⓑ 我發燒了。

I have a fever.
愛 黑夫 ㄜ 非佛

track 111

急用
例句 **摔斷腿**

我摔斷腿了！
I broke my leg.
愛 不羅客 買 類格

●急用會話●

Ⓐ 你看起來糟透了！

You look terrible.
優 路克 太蘿蔔

Ⓑ 我摔斷腿了！

I broke my leg.
愛 不羅客 買 類格

• • • • • • • • • • • • • • • • • • • •

Ⓐ 我摔斷腿了！

I broke my leg.
愛 不羅客 買 類格

Ⓑ 你有去看醫生嗎？

Did you go to see a doctor?
低 優 購兔 吸 亡 搭特兒

急用例句 勸多休息

先好好休息吧！
Have a good rest.
黑夫 古 估的 瑞斯特

●急用會話●

Ⓐ 我只是覺得不舒服。

I just feel sick.
愛 賈斯特 非兒 西客

Ⓑ 先好好休息吧！

Have a good rest.
黑夫 古 估的 瑞斯特

• • • • • • • • • • • • • • • • • • • •

Ⓐ 我頭痛。

I've got a headache.
愛夫 咖 古 黑得客

Ⓑ 先好好休息吧！

Have a good rest.
黑夫 古 估的 瑞斯特

track 112

急用例句 **需要休息**

我需要休息一下！
I need to take a break.
愛 尼的 兔 坦克 亡 不來客

● 急用會話 ●

Ⓐ 要喝咖啡嗎？

Want some coffee?
忘特　桑　　咖啡

Ⓑ 好啊。我需要休息一下！

Yes. I need to take a break.
夜司 愛尼的 兔 坦克 亡 不來客

. . . .

Ⓐ 你看起來很累耶！

You look tired.
優　路克 太兒的

Ⓑ 我需要休息一下！

I need to take a break.
愛 尼的 兔 坦克 亡 不來客

急用
例句 **詢問售價**

這個賣多少錢？
How much is it?
好　馬區 意思 一特

●急用會話●

Ⓐ 這個賣多少錢？

How much is it?
好　馬區 意思 一特

Ⓑ 兩百(元)。

It's two hundred.
依次 凸　哼濁爾

- -

Ⓐ 這個賣多少錢？

How much is it?
好　馬區 意思 一特

Ⓑ 要賣兩百(元)。

Two hundred, please.
凸　哼濁爾　普利斯

track 113

急用例句 決定購買

我決定要買了。

I will take it.

愛我 坦克 一特

● 急用會話 ●

A 這個你覺得怎麼樣呢？

What do you think of it?

華特 賭 優 施恩客 歐夫 一特

B 我決定要買了。

I will take it.

愛我 坦克 一特

‧‧‧‧‧‧‧‧‧‧‧‧‧‧‧‧‧‧‧‧‧

A 這個好嗎？

How about this one?

好 爺寶兒 利斯 萬

B 我決定要買了。

I will take it.

愛我 坦克 一特

急用
例句
自己下決定

由你自己來決定。
It's your own decision.
依次　幼兒　翁　　低日訓

●急用會話●

Ⓐ 我應該怎麼做？

What shall I do?
華特　修　愛賭

Ⓑ 由你自己來決定。

It's your own decision.
依次 幼兒　翁　　低日訓

- -

Ⓐ 也許我應該打電話給她。

Maybe I should call her.
美批　愛 秀得　摳　喝

Ⓑ 由你自己來決定。

It's your own decision.
依次 幼兒　翁　　低日訓

track 114

急用例句　由對方決定

由你決定。
It's up to you.
依次 阿鋪 兔 優

●急用會話●

Ⓐ 我應該要告訴她這件事嗎？

　 Should I tell her about this?

　 秀得 愛 太耳 喝 爺寶兒 利斯

Ⓑ 由你決定。

　 It's up to you.

　 依次 阿鋪 兔 優

Ⓐ 我不想要這樣啊！

　 I don't want this.

　 愛 動特 忘特 利斯

Ⓑ 隨便你。

　 It's up to you.

　 依次 阿鋪 兔 優

2
4
6

驚呼

我的天啊！
My God.
買　咖的

●急用會話

Ⓐ 我的天啊！

My God.
買　咖的

Ⓑ 怎麼啦？

What happened?
華特　黑噴的

・・・・・・・・・・・・・・・・・・・・・・・

Ⓐ 喔，我的天啊！

Oh, my God.
喔　買　咖的

Ⓑ 怎麼發生的？

How did it happen?
好　低一特黑噴

track 115

急用
例句 **低姿態請求**

拜託好嗎？
Please?
普利斯

 急用會話

Ⓐ 拜託好嗎？

Please?
普利斯

Ⓑ 當然好。

Sure.
秀

Ⓐ 拜託好嗎？

Please?
普利斯

Ⓑ 想都別想。

Don't think about it.
動特 施恩客 爺寶兒 一特

急用
例句　**去電找人**

> 我可以和大衛講電話嗎？
> **May I speak to David, please?**
> 美　愛　司批客　兔　大衛　普利斯

● 急用會話 ●

Ⓐ 我可以和大衛講電話嗎？

May I speak to David, please?
　美　愛　司批客　兔　大衛　普利斯

Ⓑ 請說。

Speaking.
　司批慶

∙ ∙ ∙ ∙ ∙ ∙ ∙ ∙ ∙ ∙ ∙ ∙ ∙ ∙ ∙ ∙ ∙ ∙ ∙ ∙

Ⓐ 我可以和大衛講電話嗎？

May I speak to David, please?
　美　愛　司批客　兔　大衛　普利斯

Ⓑ 你是哪一位？

Who is calling, please?
　乎　意思　摳林　普利斯

track 116

急用例句 不要掛斷電話

等一下，先不要掛斷電話。

Hold on.

厚得　忘

●急用會話●

Ⓐ 哈囉，我能和克里斯說話嗎？

Hello, may I speak to Chris?

哈囉　美　愛　司批客　兔　苦李斯

Ⓑ 等一下，先不要掛斷電話。

Hold on.

厚得　忘

- - - - - - - - - - - - - - - - - - -

Ⓐ 大衛有在辦公室裡嗎？

Is David in the office?

意思　大衛　引　勒　歐肥斯

Ⓑ 等一下，先不要掛斷電話。

Hold on.

厚得　忘

116 **track** 跨頁共同導讀

 急用例句 **留言**

我可以留言嗎？

May I leave a message?

美 愛 力夫 古 妹西居

●急用會話●

Ⓐ 我可以留言嗎？

May I leave a message?

美 愛 力夫 古 妹西居

Ⓑ 請稍候。

Hold on a second, please.

厚得 忘古 誰肯 普利斯

• •

Ⓐ 我可以留言嗎？

May I leave a message?

美 愛 力夫 古 妹西居

Ⓑ 當然。

Of course.

歐夫 寇斯

track 117

急用例句 **歡迎**

歡迎！
Welcome.
威爾康

● 急用會話 ●

Ⓐ 我帶他四處看一看。

I'll show him around.

愛我秀　恨　妲壯

Ⓑ 歡迎！

Welcome.

威爾康

• •

Ⓐ 很高興認識你！

Good to see you.

估的　兔吸　優

Ⓑ 歡迎！

Welcome.

威爾康

急用例句 **歡迎回來**

歡迎回來。

Welcome back.

咸爾康　貝克

●急用會話●

A 還是家裡好！

Home, sweet home.

厚　　司咸特　厚

B 歡迎回來。

Welcome back.

咸爾康　貝克

A 回來真好！

Good to be here.

估的　兔逼　ㄏ一爾

B 歡迎回來。

Welcome back.

咸爾康　貝克

track 118

急用例句 **歡迎回家**

歡迎回家。
Welcome home.
威爾康　厚

急用會話

Ⓐ 我回來囉！

I am home.

愛 M　厚

Ⓑ 歡迎回家。

Welcome home.

威爾康　厚

● ●

Ⓐ 我正在回家的路上！

I am on my way home.

愛 M 忘 買　位　厚

Ⓑ 歡迎回家。

Welcome home.

威爾康　厚

急用
例句 **稍後再決定**

再說吧！
We will see.
屋依 我 吸

● 急用會話 ●

Ⓐ 你仔細考慮一下吧！

Think it over.

施恩客 一特 歐佛

Ⓑ 再說吧！

We will see.

屋依 我 吸

● ●

Ⓐ 我們最好馬上就走！

We better get going!

屋依 杯特 給特 勾引

Ⓑ 再說吧！

We will see.

屋依 我 吸

track 119

急用
例句　無言以對

我能說什麼？
What can I say?
　華特　肯 愛 塞

● 急用會話 ●

Ⓐ 你今晚可以加班嗎？

Could you work overtime tonight?
　苦糾　臥克 歐佛 太门　特耐

Ⓑ 我能說什麼？

What can I say?
　華特　肯 愛 塞

● ● ● ● ● ● ● ● ● ● ● ● ● ● ● ● ● ● ● ●

Ⓐ 時間會證明一切。

Time will tell.
　太门　我 太耳

Ⓑ 我能說什麼？

What can I say?
　華特　肯 愛 塞

不必理會

不必理會啦！
Whatever!
華A模

● 急用會話 ●

Ⓐ 你只會關心自己的事情。

You only care about yourself.
優 翁裡 卡耳 爺寶兒 幼兒塞兒夫

Ⓑ 不必理會啦！

Whatever!
華A模

• •

Ⓐ 你對他要小心一點。

Watch out for him.
襪區 凹特佛 恨

Ⓑ 不必理會啦！

Whatever!
華A模

track 120

急用
例句 **自己不在意**

我不在意。

I don't care.

愛 動特 卡耳

● 急用會話 ●

Ⓐ 你相信那件事嗎？

Can you believe that?

肯 優 逼力福 類

Ⓑ 我不在意。

I don't care.

愛 動特 卡耳

● ●

Ⓐ 約翰是個怎樣的人？

What's John like?

華資 強 賴克

Ⓑ 我不在意。

I don't care.

愛 動特 卡耳

急用例句 沒人在意

誰在乎啊！
Who cares!
乎　凱爾斯

●急用會話

Ⓐ 據傳聞，她已身亡了！
It's rumored that she is dead.
依次 入門的 類 需意思爹的

Ⓑ 誰在乎啊！
Who cares!
乎　凱爾斯

• • • • • • • • • • • • • • • • • • • •

Ⓐ 我知道的就是這些事。
That is about all I know.
類 意思 爺寶兒 歐 愛 弄

Ⓑ 誰在乎啊！
Who cares!
乎　凱爾斯

track 121

急用例句 不用放在心上

沒關係，不用在意！
Never mind.
耐摩　麥得

●急用會話●

Ⓐ 很抱歉聽到這個消息。

I'm sorry to hear that.

愛門 蔻瑞 兔 厂一爾 類

Ⓑ 沒關係，不用在意！

Never mind.

耐摩　麥得

. . . .

Ⓐ 都是我的過錯。

It's my fault.

依次 買 佛特

Ⓑ 沒關係，不用在意！

Never mind.

耐摩　麥得

急用
例句 **不再計較**

算了。
Forget it.
佛給特 一特

● 急用會話 ●

Ⓐ 抱歉，我不太確定。

Sorry, I'm not really sure.
蒐瑞 愛門 那 瑞兒裡 秀

Ⓑ 算了。

Forget it.
佛給特 一特

● ●

Ⓐ 好了啦，不要這麼生氣。

Come on, don't be so mad.
　康　忘　動特　逼　蒐　妹的

Ⓑ 算了。

Forget it.
佛給特 一特

track 122

急用
例句　**不公平**

對我來說不公平。
It's not fair to me.
依次　那　非耳　兔　密

•急用會話•

Ⓐ 你不能這麼做。

You can't do it.

優　肯特　賭　一特

Ⓑ 對我來說不公平。

It's not fair to me.

依次　那　非耳　兔　密

• • • • • • • • • • • • • • • • • • • •

Ⓐ 看吧！都是你的錯！

See? It's your fault.

吸　依次　幼兒　佛特

Ⓑ 對我來說不公平。

It's not fair to me.

依次　那　非耳　兔　密

不要拘束

不要拘束。
Make yourself at home.
妹克　幼兒塞兒夫ㄟ　厚

●急用會話●

Ⓐ 很高興認識你！

It's a pleasure to meet you.
依次 亡 舖來糾　兔　密　糾

Ⓑ 不要拘束。

Make yourself at home.
妹克　幼兒塞兒夫ㄟ　厚

• •

Ⓐ 很抱歉來打擾你。

Sorry to bother you.
蒐瑞　兔　芭樂　優

Ⓑ 不要拘束。

Make yourself at home.
妹克 幼兒塞兒夫 ㄟ　厚

track 123

急用
例句 ## 請求告知

我不知道（你告訴我）。

You tell me.

優　太耳密

●急用會話●

Ⓐ 你相信那件事嗎？

Can you believe that?

肯　優　逼力福　類

Ⓑ 我不知道（你告訴我）。

You tell me.

優　太耳密

- -

Ⓐ 有沒有覺得印象深刻？

Are you impressed?

阿　優　映瀑來斯的

Ⓑ 你說呢？

You tell me.

優　太耳密

急用 例句 **說出來**

你說說看啊！

Try me.

端 密

● 急用會話 ●

Ⓐ 你一定不會相信的！

You're not going to believe this.

優矮　那　勾引　兔　逼力福 利斯

Ⓑ 你說說看啊！

Try me.

端 密

● ● ● ● ● ● ● ● ● ● ● ● ● ● ● ● ● ● ● ●

Ⓐ 換一個說法好了。

Maybe I can put it another way.

美批　愛肯　鋪一特 安娜餌　位

Ⓑ 你說說看啊！

Try me.

端 密

track 124

急用
例句　**解職**

你被炒魷魚了！
You are fired.
　優　　阿　凡爾的

● 急用會話 ●

Ⓐ 你說什麼？

What did you say?

華特　低　優　塞

Ⓑ 你被炒魷魚了！

You are fired.

優　　阿　凡爾的

・・・・・・・・・・・・・・・・・・

Ⓐ 你這是什麼意思？

What do you mean by that?

華特　賭　優　密　百　類

Ⓑ 你被炒魷魚了！

You are fired.

優　　阿　凡爾的

急用
例句 **被資遣**

我被解雇了。
I was laid off.
愛 瓦雌累的 歐夫

●急用會話●

Ⓐ 你還好吧？
You OK?
優 OK

Ⓑ 我被解雇了。
I was laid off.
愛 瓦雌累的 歐夫

Ⓐ 你發生什麼事了？
What happened to you?
華特　黑噴的　兔 優

Ⓑ 我被解雇了。
I was laid off.
愛 瓦雌累的 歐夫

track 125

 花費時間

要花時間。
It takes time.
一特 坦克斯 太ㄇ

● 急用會話 ●

Ⓐ 大概需要多久啊？

How long is it gonna be?
好　龍 意思 一特 購那 逼

Ⓑ 要花時間。

It takes time.
一特 坦克斯 太ㄇ

● ●

Ⓐ 為什麼那麼慢？

What's keeping you?
華資　機舖 引　優

Ⓑ 要花時間。

It takes time.
一特 坦克斯 太ㄇ

急用
例句 **不耽誤時間**

不會耽誤你太多時間。
It won't keep you long.
一特 甕 機舖 優 龍

●急用會話●

Ⓐ 大概需要多久啊？

How long is it gonna be?
好 龍 意思 一特 購那 遍

Ⓑ 不會耽誤你太多時間。

It won't keep you long.
一特 甕 機舖 優 龍

● ● ● ● ● ● ● ● ● ● ● ● ● ● ● ● ● ● ●

Ⓐ 我現在很忙！

I'm quite busy at the moment.
愛門 快特 逼日 ㄟ 勒 摩門特

Ⓑ 不會耽誤你太多時間。

It won't keep you long.
一特 甕 機舖 優 龍

track 126

急用
例句 **工程浩大**

這真的是工程浩大。
That's a lot of work.
類茲 亡 落的 歐夫 臥克

•急用會話•

Ⓐ 你能做給我看嗎？

Would you show me how to do it?
屋糾 秀 密 好 兔 賭一特

Ⓑ 這真的是工程浩大。

That's a lot of work.
類茲 亡 落的 歐夫 臥克

Ⓐ 你有什麼計畫嗎？

Have you got any plans?
黑夫 優 咖 安尼 不蘭斯

Ⓑ 這真的是工程浩大。

That's a lot of work.
類茲 亡 落的 歐夫 臥克

急用
例句 **被自己反鎖**

我把自己反鎖在外了。
I locked myself out.
愛 辣課的　買塞兒夫　凹特

●急用會話●

Ⓐ 為什麼那麼慢？

What's keeping you?
華資　機舖引　優

Ⓑ 我把自己反鎖在外了。

I locked myself out.
愛 辣課的　買塞兒夫　凹特

Ⓐ 你去哪裡了？

Where have you been?
灰耳　黑夫　優　兵

Ⓑ 我把自己反鎖在外了。

I locked myself out.
愛 辣課的　買塞兒夫　凹特

track 127

急用例句 感激接受

好啊，謝謝！
Yes, please.
夜司 普利斯

●急用會話●

Ⓐ 要不要喝一點咖啡？

Would you like some coffee?

屋糾　賴克　桑　咖啡

Ⓑ 好啊，謝謝！

Yes, please.

夜司 普利斯

● ●

Ⓐ 需要我幫忙嗎？

May I help you?

美 愛 黑耳ㄆ優

Ⓑ 好啊，謝謝！

Yes, please.

夜司 普利斯

急用例句 客氣回絕

不用，謝謝！
No, thanks.
弄　山克斯

●急用會話●

Ⓐ 想吃點東西嗎？

Want something to eat?
忘特　　桑性　　兔一特

Ⓑ 不用，謝謝！

No, thanks.
弄　山克斯

● ● ● ● ● ● ● ● ● ● ● ● ● ● ● ● ● ● ●

Ⓐ 要咖啡或是茶？

Coffee or tea?
咖啡　歐　踢

Ⓑ 不用，謝謝！

No, thanks.
弄　山克斯

track 128

急用
例句 **不必麻煩**

請不必這麼麻煩。
Please don't bother.
普利斯　動特　芭樂

●急用會話●

Ⓐ 需要我幫你買什麼嗎？

Anything I can buy for you?
安尼性　愛肯　百　佛　優

Ⓑ 請不必這麼麻煩。

Please don't bother.
普利斯　動特　芭樂

• • • • • • • • • • • • • • • • • • • •

Ⓐ 我幫你做點吃的。

Let me make something for you.
勒　密　妹克　桑性　佛　優

Ⓑ 請不必這麼麻煩。

Please don't bother.
普利斯　動特　芭樂

急用例句 加入或退出

你到底要不要參加？

Are you in or out?

阿 優 引 歐 四特

急用會話

Ⓐ 你到底要不要參加？

Are you in or out?

阿 優 引 歐 四特

Ⓑ 算我一份。

Count me in.

考特 密 引

• •

Ⓐ 你到底要不要參加？

Are you in or out?

阿 優 引 歐 四特

Ⓑ 我不參加！

Count me out!

考特 密 四特

track 129

急用例句 百分百確認

事情百分百確定了。

It's going to happen.

依次 勾引 兔 黑噴

●急用會話●

Ⓐ 真教人不敢相信！

I can't believe it.

愛 肯特 逼力福 一特

Ⓑ 事情百分百確定了。

It's going to happen.

依次 勾引 兔 黑噴

‧‧‧‧‧‧‧‧‧‧‧‧‧‧‧‧‧‧‧‧

Ⓐ 對這件事，你怎麼說？

What do you say about all this?

華特 賭 優 塞 爺寶兒歐 利斯

Ⓑ 事情百分百確定了。

It's going to happen.

依次 勾引 兔 黑噴

急用
例句 **打賭**

我敢打賭是這樣。
I bet.
愛 貝 特

●急用會話●

Ⓐ 他們會是最棒的！

They'll be the best.
　勒我　遍　勒 貝斯特

Ⓑ 我敢打賭是這樣。

I bet.
愛 貝 特

● ● ● ● ● ● ● ● ● ● ● ● ● ● ● ● ● ● ●

Ⓐ 事情百分百確定了。

It's going to happen.
依次 勾引　兔　黑噴

Ⓑ 我敢打賭是這樣。

I bet.
愛 貝 特

track 130

 感到厭煩

我感到厭煩了！
I'm tired of it.
愛門 太兒的 歐夫 一特

● 急用會話 ●

Ⓐ 你為什麼不跟馬克談一談呢？

Why don't you talk to Mark about it?

壞　動特　優　透克兔　馬克　爺寶兒 一特

Ⓑ 我感到厭煩了！

I'm tired of it.

愛門 太兒的 歐夫 一特

● ●

Ⓐ 你會表現得很好的。

You should do fine.

優　秀得　賭　凡

Ⓑ 我感到厭煩了！

I'm tired of it.

愛門 太兒的 歐夫 一特

急用
例句 **感到噁心**

> 我都膩了!
> **I'm sick of it.**
> 愛門 西客 歐夫 一特

●急用會話●

Ⓐ 你覺得呢?

How do you like it?
好 賭 優 賴克 一特

Ⓑ 我都膩了!

I'm sick of it.
愛門 西客 歐夫 一特

- - - - - - - - - - - - - - - -

Ⓐ 你不喜歡!

You don't like it.
優 動特 賴克 一特

Ⓑ 一點都不喜歡!噁心死了!

Not at all. I'm sick of it.
那 ㄟ 歐 愛門 西客 歐夫 一特

track 131

急用
例句 **喜歡**

我非常喜歡。
I like it very much.
愛 賴克 一特 肥瑞 罵區

● 急用會話 ●

Ⓐ 你覺得呢？

What do you say?
華特 賭 優 塞

Ⓑ 我非常喜歡。

I like it very much.
愛 賴克 一特 肥瑞 罵區

. . . .

Ⓐ 你的想法呢？

What's your opinion?
華資 幼兒 阿批泥恩

Ⓑ 我非常喜歡。

I like it very much.
愛 賴克 一特 肥瑞 罵區

不喜歡

我一點也不喜歡。
I don't like it at all.
愛 動特 賴克 一特 ㄟ 歐

急用會話

Ⓐ 我一點也不喜歡。

I don't like it at all.
愛 動特 賴克 一特 ㄟ 歐

Ⓑ 為什麼不愛？

Why not?
壞 那

. . . .

Ⓐ 我一點也不喜歡。

I don't like it at all.
愛 動特 賴克 一特 ㄟ 歐

Ⓑ 我也不喜歡。

Neither do I.
泥樂 賭愛

track 132

 說明

讓我這麼說吧。
Let me put it this way.
勒 密 鋪 一特 利斯 位

●急用會話●

Ⓐ 嗯…我不懂耶！

Well..., I don't get it.
威爾 愛動特 給特 一特

Ⓑ 讓我這麼說吧。

Let me put it this way.
勒 密 鋪 一特 利斯 位

. . . .

Ⓐ 讓我這麼說吧。

Let me put it this way.
勒 密 鋪 一特 利斯 位

Ⓑ 繼續說吧！

Go ahead.
購 耳黑的

急用
例句
主動處理

讓我來處理！
Allow me.
阿樓　密

●急用會話●

Ⓐ 搞什麼鬼啊！
What the hell...
華特　勒　害耳

Ⓑ 讓我來處理！
Allow me.
阿樓　密

● ● ● ● ● ● ● ● ● ● ● ● ● ● ● ● ● ● ● ●

Ⓐ 讓我來處理！
Allow me.
阿樓　密

Ⓑ 年輕人，謝謝你！
Thank you, young man.
山糾　　羊　賣也

track 133

急用
例句 **沒有私心**

事情要公事公辦！

Business is business.

逼斯泥斯 意思 逼斯泥斯

●急用會話●

Ⓐ 你在開玩笑嗎？

Are you kidding?

阿　優　ㄎㄧㄉ

Ⓑ 事情要公事公辦！

Business is business.

逼斯泥斯 意思 逼斯泥斯

· · · · · · · · · · · · · · · · · · · ·

Ⓐ 你要站在哪一方？

Which side are you?

會區　塞得　阿　優

Ⓑ 事情要公事公辦！

Business is business.

逼斯泥斯 意思 逼斯泥斯

急用
例句 **和對方一樣**

就和你一樣！
Just like you.
賈斯特 賴克 優

● 急用會話 ●

Ⓐ 他很有野心！

He's got ambitions.

厂一斯 咖 阿門逼休斯

Ⓑ 就和你一樣！

Just like you.

賈斯特 賴克 優

- - - - - - - - - - - - - - - - - - - -

Ⓐ 我不敢相信他所做的事。

I can't believe what he did.

愛 肯特 逼力福 華特 厂一 低

Ⓑ 就和你一樣！

Just like you.

賈斯特 賴克 優

track 134

急用
例句　**不能理解**

搞什麼啊！
What?
華特

●急用會話●

Ⓐ 你住嘴！

Hold your tongue.

厚得　幼兒　躺

Ⓑ 搞什麼啊！

What?

華特

• •

Ⓐ 搞什麼鬼啊！

What the hell...

華特　勒　害耳

Ⓑ 怎麼啦？

What?

華特

急用
例句 **藉口**

都是藉口！
That is an excuse.
類 意 思　恩 ㄟ克斯Q斯

●急用會話●

Ⓐ 我不同意你。

I don't agree with you.
愛 動特　阿鬼　位斯　優

Ⓑ 都是藉口！

That is an excuse.
類 意 思　恩 ㄟ克斯Q斯

- -

Ⓐ 我覺得太貴了。

I think it's too expensive.
愛 施恩客 依次 兔 一撕半撕

Ⓑ 都是藉口！

That is an excuse.
類 意 思　恩 ㄟ克斯Q斯

track 135

急用
例句　**全部的狀況**

就這樣囉！

That's all.

類茲　歐

● 急用會話 ●

Ⓐ 你說是就是。

If you say so.

一幅 優 塞 蒐

Ⓑ 就這樣囉！

That's all.

類茲　歐

Ⓐ 你看！全部就這樣嗎？

Check this out. Is that all?

切客 利斯 凹特 意思 類 歐

Ⓑ 就這樣囉！

That's all.

類茲　歐

135 track 跨頁共同導讀

 急用例句 **提供食物**

想不想吃點東西？
Want something to eat?
忘特　　桑性　　兔一特

● 急用會話 ●

Ⓐ 想不想吃點東西？

Want something to eat?
忘特　　桑性　　兔一特

Ⓑ 晚點再說！

A little later.
A 裡頭 淚特

• •

Ⓐ 想不想吃點東西？

Want something to eat?
忘特　　桑性　　兔一特

Ⓑ 吃點雞肉也好。

Some chicken would be alright.
桑　　七墾　　屋 逼 歐軟特

track 136

急用
例句 **想吃食物**

有沒有東西可以吃？
Got anything good to eat?
咖　安尼性　　估的　兔　一特

• 急用會話 •

Ⓐ 有沒有東西可以吃？

Got anything good to eat?
咖　安尼性　　估的　兔　一特

Ⓑ 有啊！有些雞肉，我還烤了派。

Yeah, some chicken, and I made a pie.
訝　　桑　　七墾　　安愛　妹得　亡派

• •

Ⓐ 有沒有東西可以吃？

Got anything good to eat?
咖　安尼性　　估的　兔　一特

Ⓑ 我拿些東西給你吃。

Let me get you a little something.
勒　密　給特　優　亡　裡頭　　桑性

2
9
0

急用
例句 **特定餐點**

你午餐想吃什麼？
What would you like for lunch?
華特　　　屋糾　賴克佛　濫去

• 急用會話 •

Ⓐ 晚餐時間到了。

It's dinnertime.
依次 丁呢 太ㄇ

Ⓑ 你午餐想吃什麼？

What would you like for lunch?
華特　　　屋糾　賴克佛　濫去

• •

Ⓐ 我好餓！

I am so hungry.
愛 M 蒄 航鬼力

Ⓑ 你午餐想吃什麼？

What would you like for lunch?
華特　　　屋糾　賴克佛　濫去

track 137

急用例句 外出用餐

我們今晚去外面用餐吧！
Let's eat out tonight.
辣資 一特 凹特 特耐

•急用會話•

Ⓐ 我們今晚去外面用餐吧！
Let's eat out tonight.
辣資 一特 凹特 特耐

Ⓑ 我們要吃什麼？
What are we going to have?
華特 阿屋依 勾引 兔 黑夫

. . . .

Ⓐ 我累到不想煮飯。
I'm too tired to cook.
愛門 兔 太兒的 兔 庫克

Ⓑ 我們今晚去外面用餐吧！
Let's eat out tonight.
辣資 一特 凹特 特耐

最喜歡的食物

我最喜歡的食物是披薩。
My favorite food is pizza.
買　肥佛瑞特　福的意思 匹薩

●急用會話●

Ⓐ 你想吃什麼？

What would you like to have?
華特　　　屋糾　賴克 兔 黑夫

Ⓑ 我最喜歡的食物是披薩。

My favorite food is pizza.
買　肥佛瑞特 福的意思 匹薩

● ● ● ● ● ● ● ● ● ● ● ● ● ● ● ● ●

Ⓐ 想吃點什麼嗎？

Want something to eat?
忘特　　桑性　　兔 一特

Ⓑ 我最喜歡的食物是披薩。

My favorite food is pizza.
買　肥佛瑞特 福的意思 匹薩

track 138

急用例句 餐廳訂位

我要訂今晚七點鐘的座位。

I want a table for tonight at seven.

愛 忘特 さ 特伯　佛　　特耐　ㄟ 塞門

•急用會話•

Ⓐ 有什麼需要我效勞的嗎？

May I help you?

美　愛 黑耳ㄆ 優

Ⓑ 我要訂今晚七點鐘的座位。

I want a table for tonight at seven.

愛 忘特 さ 特伯　佛　　特耐　ㄟ 塞門

• • • • • • • • • • • • • • • • • • • •

Ⓐ 歡迎光臨四季餐廳。

Welcome to The Four Seasons Restaurant.

威爾康　　兔 勒 佛　　西任斯　瑞斯特讓

Ⓑ 我要訂今晚七點鐘的座位。

I want a table for tonight at seven.

愛 忘特 さ 特伯　佛　　特耐　ㄟ 塞門

急用例句 預訂兩人的座位

我要兩個人的位子。
I want a table for two, please.
愛 忘特 古 特伯 佛 凸 普利斯

●急用會話●

Ⓐ 歡迎光臨四季餐廳。

Welcome to Four Seasons Restaurant.
威爾康 兔 佛 西任斯 瑞斯特讓

Ⓑ 我要兩個人的位子。

I want a table for two, please.
愛 忘特 古 特伯 佛 凸 普利斯

• • • • • • • • • • • • • • • • •

Ⓐ 我要兩個人的位子。

I want a table for two, please.
愛 忘特 古 特伯 佛 凸 普利斯

Ⓑ 請走這邊。

This way, please.
利斯 位 普利斯

track 139

急用
例句 **頭腦不清**

你腦子有毛病！

You are out of your mind.

優　阿　凹特 歐夫 幼兒　麥得

●急用會話●

Ⓐ 來，你看一下。

Come on, take a look.

康　忘　坦克 亡 路克

Ⓑ 你腦子有毛病！

You are out of your mind.

優　阿　凹特 歐夫 幼兒 麥得

• •

Ⓐ 你不把我當朋友看。

You don't treat me like a friend.

優　動特 楚一特 密 賴克 亡 富懶得

Ⓑ 你腦子有毛病！

You are out of your mind.

優　阿　凹特 歐夫 幼兒 麥得

質疑對方的想法

你腦袋裡在想什麼啊？
What were you thinking?
華特　我兒　優　施恩慶

●急用會話●

Ⓐ 我不需要任何的幫助。

I don't need any help.
愛 動特 尼的 安尼 黑耳夂

Ⓑ 你腦袋裡在想什麼啊？

What were you thinking?
華特　我兒　優　施恩慶

• • • • • • • • • • • • • • • • • • • •

Ⓐ 你腦袋裡在想什麼啊？

What were you thinking?
華特　我兒　優　施恩慶

Ⓑ 你這是什麼意思？

What do you mean by that?
華特　賭　優　密　百　類

track 140

急用
例句　**瘋狂**

你瘋啦？
Are you crazy?
阿　優　虧理

● **急用會話** ●

Ⓐ 這是真的！

　It is true.

　一特　意思　楚

Ⓑ 你瘋啦？

　Are you crazy?

　阿　優　虧理

- -

Ⓐ 不要這麼說！

　Don't say that.

　動特　塞　類

Ⓑ 你瘋啦？

　Are you crazy?

　阿　優　虧理

急用
例句

被激怒

你氣死我了！
You piss me off.
優 批司 密 歐夫

急用會話

Ⓐ 我不喜歡這一件。

I don't like this one.
愛 動特 賴克 利斯 萬

Ⓑ 你氣死我了！

You piss me off.
優 批司 密 歐夫

Ⓐ 我能做的就這些！

That's all I can do.
類茲 歐愛肯 賭

Ⓑ 你氣死我了！

You piss me off.
優 批司 密 歐夫

track 141

急用例句 自作自受

這是你自找的!
You asked for it.
優 愛斯克特 佛 一特

●急用會話●

Ⓐ 我對這個煩透了!

I'm sick of it.
愛門 西客 歐夫 一特

Ⓑ 這是你自找的!

You asked for it.
優 愛斯克特 佛 一特

• • • • • • • • • • • • • • • • • • •

Ⓐ 別為難我了!

Don't give me a hard time.
動特 寄 密 ㄜ 哈得 太ㄇ

Ⓑ 這是你自找的!

You asked for it.
優 愛斯克特 佛 一特

急用
例句 **住嘴**

少囉嗦!
Shut up.
下特 阿鋪

● 急用會話 ●

Ⓐ 想想辦法吧!

Do something!
賭 桑性

Ⓑ 少囉嗦!

Shut up.
下特 阿鋪

Ⓐ 搞什麼鬼啊!

What the hell...
華特 勒 害耳

Ⓑ 少囉嗦!

Shut up.
下特 阿鋪

track 142

急用例句 安靜

安靜！
Be quiet.
逼 拐世特

●急用會話●

Ⓐ 哇，你看那個…

Wow, look at that...

哇 路克ㄟ 類

Ⓑ 安靜！

Be quiet.

逼 拐世特

● ●

Ⓐ 你聽！有聽見嗎？那不就是…

Listen! Do you hear that? Isn't it...

樂身 賭 優 ㄏ一厠 類 一任 一特

Ⓑ 安靜！

Be quiet.

逼 拐世特

急用
例句

不要來煩

別煩我！
Don't bother me.
動特　芭樂　密

●急用會話●

Ⓐ 你有在聽嗎？

Do you hear me?
賭　優　ㄏㄧ偄　密

Ⓑ 別煩我！

Don't bother me.
動特　芭樂　密

• •

Ⓐ 你可以扶好嗎？

Can you hold this?
肯　優　厚得　利斯

Ⓑ 別煩我！

Don't bother me.
動特　芭樂　密

track 143

急用
例句 **需要獨處**

讓我靜一靜！
Leave me alone.
力夫　密　A弄

●急用會話●

Ⓐ 告訴我發生什麼事了。

Just tell me what happened.
賈斯特 太耳 密 華特　黑噴的

Ⓑ 讓我靜一靜！

Leave me alone.
力夫　　密　A弄

• • • • • • • • • • • • • • • • • • •

Ⓐ 你怎麼能這樣對待我？

Why did you treat me like this?
壞　低　優　楚一特密　賴克 利斯

Ⓑ 讓我靜一靜！

Leave me alone.
力夫　密　A弄

丟臉

你真丟臉！
Shame on you!
邪門　忘　優

● 急用會話 ●

Ⓐ 看我做的這個。
Look what I did.
路克　華特　愛低

Ⓑ 你真丟臉！
Shame on you!
邪門　忘　優

Ⓐ 我不想幫他！
I don't want to help him.
愛動特　忘特　兔黑耳ㄆ恨

Ⓑ 你真丟臉！
Shame on you!
邪門　忘　優

track 144

急用
例句　**自不量力**

你以為你是誰！
Who do you think you are?
　手　賭　優　施恩客　優　阿

● 急用會話 ●

Ⓐ 你真的應該要搬出去。

You really ought to move out.
　優　瑞兒裡　嘔特　兔　木副　凹特

Ⓑ 你以為你是誰！

Who do you think you are?
　手　賭　優　施恩客　優　阿

Ⓐ 你不想想辦法嗎？

Aren't you going to do something?
　阿特　優　勾引　兔　賭　桑性

Ⓑ 你以為你是誰！

Who do you think you are?
　手　賭　優　施恩客　優　阿

咒罵

可惡！
Rats!
瑞茲

● 急用會話 ●

Ⓐ 這真是天大的誤會啊！

It's a huge misunderstanding.
依次 亡 遇居 密思骯得史丹引

Ⓑ 可惡！

Rats!
瑞茲

● ● ● ● ● ● ● ● ● ● ● ● ● ● ● ● ● ● ● ●

Ⓐ 你對我來說什麼都不是。

You're nothing to me.
優矮 那性 兔 密

Ⓑ 可惡！

Rats!
瑞茲

track 145

急用
例句 **生氣**

糟糕！
Shit!
序特

●急用會話●

Ⓐ 我們要遲到了！

We're going to be late.

屋阿　勾引　兔逼　淚特

Ⓑ 糟糕！

Shit!

序特

● ● ● ● ● ● ● ● ● ● ● ● ● ● ● ● ● ● ● ●

Ⓐ 這是你的錯。

It's your fault.

依次　幼兒　佛特

Ⓑ 糟糕！

Shit!

序特

145 **track** 跨頁共同導讀

 急用例句 要對方滾蛋

你給我滾蛋！
Get out!
給特 凹特

● 急用會話

Ⓐ 要不要和我出去晃晃？

How about hanging out with me?
好 爺寶兒 和引 凹特 位斯 密

Ⓑ 滾蛋！

Get out!
給特 凹特

Ⓐ 我擔心我無法及時完成。

I couldn't finish it in time.
愛 庫鄧 匚尼績 一特 引 太ㄇ

Ⓑ 你少來了！

Get out!
給特 凹特

track 146

急用例句 不要擋路

滾開，別擋路！
Out of my way.
凹特 歐夫買 位

● 急用會話 ●

Ⓐ 我們開始吧！

Let's get started.

辣資 給特 司打的

Ⓑ 滾開，別擋路！

Out of my way.

凹特 歐夫 買 位

● ● ● ● ● ● ● ● ● ● ● ● ● ● ● ● ● ● ● ●

Ⓐ 你現在忙嗎？

Are you busy now?

阿 優 逼日 惱

Ⓑ 滾開，別擋路！

Out of my way.

凹特 歐夫 買 位

急用
例句 **不願再見面**

我不願再見到你！
I don't want to see your face!
愛 動特　忘特 兔 吸　幼兒　飛斯

● 急用會話 ●

Ⓐ 我不願再見到你！

I don't want to see your face!
愛 動特 忘特 兔 吸　幼兒　飛斯

Ⓑ 親愛的，別這麼說！

Honey, don't say that.
　哈妮　 動特　塞 　類

● ●

Ⓐ 我不願再見到你！

I don't want to see your face!
愛 動特 忘特 兔 吸　幼兒　飛斯

Ⓑ 隨便你！
Fine.
凡

track 147

急用
例句 **糟透了**

真是爛！
It sucks.
一特 薩客司

●急用會話●

Ⓐ 你喜歡嗎？

You like it?
優 賴克 一特

Ⓑ 不喜歡！真是爛！

Nope. It sucks.
弄破 一特 薩客司

• • • • • • • • • • • • • • • • • • • •

Ⓐ 真是糟透了！

It sucks.
一特 薩客司

Ⓑ 真遺憾！

Sorry to hear that.
蔻瑞 兔 厂一爾 類

急用
例句 **笨蛋**

笨蛋！
Idiot.
一滴耳特

● 急用會話 ●

Ⓐ 我犯了錯了！

I made a mistake.
愛 妹得 亡 咪斯坦克

Ⓑ 笨蛋！

Idiot.
一滴耳特

Ⓐ 笨蛋！

Idiot.
一滴耳特

Ⓑ 不要這麼說了！

Stop saying that.
司踏不 塞引 類

track 148

 混蛋

他是個混蛋！
He's a jerk!
ㄏㄧ斯 ㄓ 酒客

•急用會話•

Ⓐ 你覺得他是個怎麼樣的人？
What do you think of him?
華特 賭 優 施恩客 歐夫 恨

Ⓑ 他是個混蛋！
He's a jerk!
ㄏㄧ斯 ㄓ 酒客

• • • • • • • • • • • • • • • • • • •

Ⓐ 他是個混蛋！
He's a jerk!
ㄏㄧ斯 ㄓ 酒客

Ⓑ 拜託不要這樣稱呼他！
Please don't call him that.
普利斯 動特 摳 恨 類

急用例句 **固執**

你真是固執。
You are stubborn.
優　阿　斯大繃

●急用會話●

Ⓐ 我決定了！

I've made up my mind.
愛夫　妹得　阿鋪　買　麥得

Ⓑ 你真是固執。

You are stubborn.
優　阿　斯大繃

・・・・・・・・・・・・・・・・・・・・・

Ⓐ 事情不是你想像的這樣！

This is not what you thought.
利斯　那　意思　華特　優　收特

Ⓑ 你真是固執。

You are stubborn.
優　阿　斯大繃

Go-Go-Go 讓你
萬裡挑一！再也不會
怎麼辦怎麼辦的 菜英文

track 149

急用
例句　**把人搞瘋**

你快把我弄瘋了。
You're driving me crazy.
優矮　　轉冰　密　虧理

●急用會話●

Ⓐ 看我做的這個。

　Look what I did.

　路克　華特愛低

Ⓑ 你快把我弄瘋了。

　You're driving me crazy.

　優矮　　轉冰　密　虧理

Ⓐ 你快把我弄瘋了。

　You're driving me crazy.

　優矮　　轉冰　密　虧理

Ⓑ 你說什麼？

　I beg your pardon?

　愛貝格 幼兒　怕等

急用例句 受到威脅

你在威脅我？

Are you threatening me?

阿　優　　睡毯引　　密

●急用會話●

Ⓐ 不要這麼做，不然你會後悔！

Don't do this, or you'll be sorry.

動特　賭利斯　歐　優我　逼　蒐瑞

Ⓑ 你在威脅我？

Are you threatening me?

阿　優　　睡毯引　　密

• • • • • • • • • • • • • • • • • • •

Ⓐ 你在威脅我？

Are you threatening me?

阿　優　　睡毯引　　密

Ⓑ 我沒有啊！

I am not.

愛　M　那

track 150

急用
例句 **何時能準備好**

什麼時候能準備好？
When will it be ready?
　昏　　我 一特 逼　瑞底

●急用會話●

Ⓐ 我們開始吧！
　 Let's get started.
　 辣資　給特 司打的

Ⓑ 什麼時候能準備好？
　 When will it be ready?
　　昏　　我 一特 逼 瑞底

• • • • • • • • • • • • • • • • • • • •

Ⓐ 什麼時候能準備好？
　 When will it be ready?
　　昏　我 一特 逼 瑞底

Ⓑ 這個星期五之前。
　 By this Friday.
　 百　利斯 富來得

急用
例句　健身

你有在健身嗎？
Do you work out?
　賭　優　臥克 凹特

●急用會話●

Ⓐ 你有在健身嗎？

Do you work out?
賭　優　臥克 凹特

Ⓑ 有，我有在健身。

Yes, I do.
夜司 愛 賭

● ● ● ● ● ● ● ● ● ● ● ● ● ● ● ● ● ● ● ●

Ⓐ 如果你不多做運動，你就會變胖。

If you don't get exercise, you'll get fat.
一幅 優 動特 給特 愛色賽斯　優我 給特 肥特

Ⓑ 你呢？你有在健身嗎？

And you? Do you work out?
安揪兒　　賭　優　臥克 凹特

track 151

急用例句 走這裡

這邊請。

This way, please.

利斯　位　普利斯

●急用會話●

Ⓐ 我和大衛有約。

I have an appointment with David.

愛　黑夫　恩　阿婆一門特　位斯　大衛

Ⓑ 這邊請。

This way, please.

利斯　位　普利斯

- -

Ⓐ 我可以試穿這一件嗎？

Can I try this on?

肯　愛　踹　利斯　忘

Ⓑ 可以！這邊請。

Sure. This way, please.

秀　利斯　位　普利斯

急用
例句 **喝阻不要動**

別動！
Freeze!
福利日

●急用會話●

Ⓐ 別動！

Freeze!

福利日

Ⓑ 好！別開槍。

OK. Don't shoot.

OK　動特　秀的

● ● ● ● ● ● ● ● ● ● ● ● ● ● ● ● ● ● ● ●

Ⓐ 別動！

Freeze!

福利日

Ⓑ 喂，我什麼事都沒做啊！

Hey, I did nothing.

嘿　愛低　那性

track 152

> 急用
> 例句 **見過某人**

你見過大衛嗎？

Have you ever met David?

黑夫　優　A模　妹特　大衛

● 急用會話 ●

Ⓐ 你見過大衛嗎？

Have you ever met David?

黑夫　優　A模　妹特　大衛

Ⓑ 有的，我有過。

Yes, I have.

夜司 愛 黑夫

• • • • • • • • • • • • • • • • • • • •

Ⓐ 你見過大衛嗎？

Have you ever met David?

黑夫　優　A模　妹特　大衛

Ⓑ 沒有。我可能沒有！

No. I don't think so.

弄　愛 動特 施恩客 蒐

隨口探詢

有人嗎？／有在聽我說嗎？
Hello?
哈囉

● 急用會話 ●

Ⓐ 有人嗎？
Hello?
哈囉

Ⓑ 有事嗎？
Yes?
夜司

● ● ● ● ● ● ● ● ● ● ● ● ● ● ● ● ● ● ●

Ⓐ 你有在聽嗎？
Hello?
哈囉

Ⓑ 抱歉，你剛剛說什麼？
Sorry. What did you just say?
蒐瑞　華特　低　優賈斯特　塞

track 153

急用
例句 **可以分辨**

我看得出來！

I can tell.

愛 肯 太耳

●急用會話●

Ⓐ 毫無疑問的，他們兩人陷入熱戀中了。

Without a doubt, they fall in love.

慰勞 亡 套特 勒 佛 引 勒夫

Ⓑ 我看得出來！

I can tell.

愛 肯 太耳

Ⓐ 我已經如期完成了。

I've already finished it on time.

愛夫 歐瑞底 非尼續的 一特 忘 太ㄇ

Ⓑ 我看得出來！

I can tell.

愛 肯 太耳

詢問時間

你知道現在幾點了嗎？

Do you know what time it is now?

賭　優　弄　華特　太ㄇ一特意思惱

急用會話

Ⓐ 你知道現在幾點了嗎？

Do you know what time it is now?

賭　優　弄　華特　太ㄇ一特意思惱

Ⓑ 現在十點卅分了！

It's ten thirty now.

依次天　捨替　惱

Ⓐ 你知道現在幾點了嗎？

Do you know what time it is now?

賭　優　弄　華特　太ㄇ一特意思惱

Ⓑ 我不知道。

I have no idea.

愛黑夫弄愛滴兒

track 154

急用
例句 **無法負擔**

我負擔不起。

I can't afford it.

愛 肯特 A佛得 一特

●急用會話●

Ⓐ 你真的應該搬出去。

You really ought to move out.

優 瑞兒裡 嘔特 兔 木副 趴特

Ⓑ 我負擔不起。

I can't afford it.

愛 肯特 A佛得 一特

● ● ● ● ● ● ● ● ● ● ● ● ● ● ● ● ● ● ● ●

Ⓐ 做你應該做的事。

Do what you have to do.

賭 華特 優 黑夫 兔賭

Ⓑ 但是我負擔不起。

But I can't afford it.

霸特 愛 肯特 A佛得 一特

急用
例句 **無法容忍**

我無法容忍。
I can't stand it.
愛 肯特 史丹 一特

• 急用會話 •

Ⓐ 你說呢？

What do you say?
華特 賭 優 塞

Ⓑ 我無法容忍。

I can't stand it.
愛 肯特 史丹 一特

• • • • • • • • • • • • • • • • • • • •

Ⓐ 你不生氣喔！

You are not mad.
優 阿 那 妹的

Ⓑ 我無法容忍。

I can't stand it.
愛 肯特 史丹 一特

track 155

急用
例句　**失眠**

我睡不著。
I can't sleep.
愛 肯特 私立埔

●急用會話●

Ⓐ 你今天氣色看起來不太好！
You look awful today.
優　路克　臥佛　特得

Ⓑ 我睡不著。
I can't sleep.
愛 肯特 私立埔

● ●

Ⓐ 你看起很累耶！
You look so tired.
優　路克　蒐 太兒的

Ⓑ 我睡不著。
I can't sleep.
愛 肯特 私立埔

急用
例句 **沒有時間**

我沒有時間。
I don't have any time.
愛 動特 黑夫 安尼 太ㄇ

●急用會話●

Ⓐ 你打算怎麼作？

What are you going to do?
華特 阿 優 勾引 兔賭

Ⓑ 我沒有時間。

I don't have any time.
愛 動特 黑夫 安尼 太ㄇ

. . . .

Ⓐ 你什麼時候會回來？

When will you come back?
昏 我 優 康 貝克

Ⓑ 我沒有時間。

I don't have any time.
愛 動特 黑夫 安尼 太ㄇ

track 156

急用
例句　**不想惹麻煩**

我不希望有任何麻煩！

I don't want any trouble.

愛 動特 忘特 安尼 插伯

急用會話

🅐 你為何不做點補救？

Why don't you do something?

壞　動特 優 賭 桑性

🅑 我不希望有任何麻煩！

I don't want any trouble.

愛 動特 忘特 安尼 插伯

• • • • • • • • • • • • • • • • •

🅐 這是你的工作！

This is your job.

利斯 意思 幼兒 假伯

🅑 我不希望有任何麻煩！

I don't want any trouble.

愛 動特 忘特 安尼 插伯

急用
例句
也許會

> 也許我會。
> **I guess I will.**
> 愛 給斯 愛 我

● 急用會話 ●

Ⓐ 你最好不要改變你的想法。

You had better not change your mind.

優 黑的 杯特 那 勸居 幼兒 參得

Ⓑ 也許我會。

I guess I will.

愛 給斯 愛 我

• • • • • • • • • • • • • • • • • • •

Ⓐ 對她你要多點耐心。

You have to be patient with her.

優 黑夫 兔逼 配訓 位斯 喝

Ⓑ 也許我會。

I guess I will.

愛 給斯 愛 我

track 157

急用
例句　**不確定會不會**

可能會，也可能不會！
Maybe, maybe not.
　　美批　　美批　　那

●急用會話●

Ⓐ 你現在是要去台北嗎？

　Are you going to Taipei now?
　阿　優　勺引　兔　台北　惱

Ⓑ 可能會，也可能不會！

　Maybe, maybe not.
　　美批　　美批　那

- -

Ⓐ 我們兩分鐘內可以到達嗎？

　Can we make it in two minutes?
　肯　屋依　妹克　一特　引　凸　　咪逆疵

Ⓑ 可能會，也可能不會！

　Maybe, maybe not.
　　美批　　美批　那

急用例句 是否能力所及

你做得到？
Can you make it?
肯　優　妹克 一特

●急用會話●

Ⓐ 你做得到？

Can you make it?
肯　優　妹克 一特

Ⓑ 我會盡力。

I'll do my best.
愛我 賭 買 貝斯特

Ⓐ 你做得到？

Can you make it?
肯　優　妹克 一特

Ⓑ 我可以！

Yes, I can.
夜司 愛肯

track 158

急用
例句 **散步**

你想要去散步嗎？
Would you like to go for a walk?
　屋糾　　賴克 兔 購 佛 亡 臥克

●急用會話●

Ⓐ 現在要幹嘛？

Now what?
　惱　華特

Ⓑ 你想要去散步嗎？

Would you like to go for a walk?
　屋糾　　賴克 兔 購 佛 亡 臥克

• •

Ⓐ 你想要去散步嗎？

Would you like to go for a walk?
　屋糾　　賴克 兔 購 佛 亡 臥克

Ⓑ 好啊！

Sounds OK.
　桑斯　　OK

急用
例句 **洗碗**

你可以洗碗嗎？
Can you do the dishes?
　肯　優　賭　勒　地需一斯

●急用會話●

Ⓐ 你要我做什麼？

What do you want me to do?
　華特　賭　優　忘特　密　兔　賭

Ⓑ 你可以洗碗嗎？

Can you do the dishes?
　肯　優　賭　勒　地需一斯

Ⓐ 你可以洗碗嗎？

Can you do the dishes?
　肯　優　賭　勒　地需一斯

Ⓑ 好啊！

No problem.
　弄　撲拉本

track 159

急用
例句 **遛狗**

你可以幫我遛狗嗎？
Would you walk my dog?
屋糾　　臥克　買　鬥個

● **急用會話** ●

Ⓐ 我能做什麼？

What can I do?
華特　肯愛賭

Ⓑ 你可以幫我遛狗嗎？

Would you walk my dog?
屋糾　　臥克　買　鬥個

⸱⸱⸱⸱⸱⸱⸱⸱⸱⸱⸱⸱⸱⸱⸱⸱⸱⸱⸱⸱⸱⸱

Ⓐ 你可以幫我遛狗嗎？

Would you walk my dog?
屋糾　　臥克　買　鬥個

Ⓑ 為什麼又是我？

Why me again?
壞　密　愛乾

詢問同樣的問題

你呢？
And you?
安糾

● 急用會話 ●

Ⓐ 你想要喝什麼？

What do you want to drink?
華特 賭 優 忘特 兔 朱因克

Ⓑ 我要濃一點的茶。

I'd prefer some strong tea.
愛屋 埔里非 桑 司狀 踢

Ⓐ 好的！你呢？

OK. And you?
OK 安揪兒

Ⓒ 咖啡就好！

Just coffee, please.
賈斯特 咖啡 普利斯

track 160

急用例句 **稍微**

是有一點！
A little bit.
A 裡頭 畢特

急用會話

Ⓐ 你變瘦了！

You've lost some weight.

優夫 漏斯特 桑 為特

Ⓑ 是有一點！

A little bit.

A 裡頭 畢特

Ⓐ 你不喜歡她，對吧？

You don't like her, do you?

優 動特 賴克 喝 賭 優

Ⓑ 是有一點！

A little bit.

A 裡頭 畢特

急用
例句
搭便車

要搭便車嗎？
Wanna lift?
望難　力夫特

●急用會話●

Ⓐ 該是説再見的時候了。

It's about lime to say good-bye.
依次　爺寶兒　太ㄇ兔　塞　估的 拜

Ⓑ 要搭便車嗎？

Wanna lift?
望難　力夫特

Ⓐ 要搭便車嗎？

Wanna lift?
望難　力夫特

Ⓑ 不用擔心我！

Don't worry about me.
動特　窩瑞　爺寶兒　密

track 161

急用
例句 趕路

你趕著要去哪裡？
What's the rush?
華資　勒　日阿需

●急用會話●

Ⓐ 你趕著要去哪裡？

What's the rush?
華資　勒　日阿需

Ⓑ 我要在三點鐘前到家。

I have to be home before three o'clock.
愛黑夫　兔　逼　厚　　必佛　　樹裡　A克拉克

• • • • • • • • • • • • • • • • • • • •

Ⓐ 我要走了。

I've got to leave.
愛夫　咖　兔　力夫

Ⓑ 你趕著要去哪裡？

What's the rush?
華資　勒　日阿需

招呼計程車

需要我幫你叫一輛計程車嗎？
Can I get a taxi for you?
肯 愛 給特 亡 胎克司 佛 優

急用會話

Ⓐ 我現在就要回家。

I need to go home right now.
愛 尼的 兔 購 厚 軟特 惱

Ⓑ 需要我幫你叫一輛計程車嗎？

Can I get a taxi for you?
肯 愛 給特 亡 胎克司 佛 優

Ⓐ 需要我幫你叫一輛計程車嗎？

Can I get a taxi for you?
肯 愛 給特 亡 胎克司 佛 優

Ⓑ 好的，謝謝！

Yes, please.
夜司 普利斯

track 162

改變話題

我們換個話題吧！

Let's change the subject.

辣資　勸居　勒　殺不潔特

●急用會話●

Ⓐ 他不是你的真命天子。

He is not your Mr. Right.

厂ㄧ 意思 那 幼兒 密斯特 軟特

Ⓑ 我們換個話題吧！

Let's change the subject.

辣資　　勸居　　勒　殺不潔特

● ●

Ⓐ 我不會説出任何事的。

I won't say anything.

愛 甕　　塞　安尼性

Ⓑ 我們換個話題吧！

Let's change the subject.

辣資　　勸居　　勒　殺不潔特

急用
例句
頭一次聽到

這到是新鮮事!
Now that's news!
惱　　類茲　　紐斯

●急用會話●

Ⓐ 我在日本有一個表弟／妹。

I've got a cousin in Japan.
愛夫 咖 さ 咖任 引　假潘

Ⓑ 這到是新鮮事!

Now that's news!
惱　　類茲　　紐斯

● ● ● ● ● ● ● ● ● ● ● ● ● ● ● ● ● ● ● ●

Ⓐ 我去了加州幾個星期。

I went to California for a few weeks.
愛 問特 兔 卡李佛妮雅 佛 さ 否 屋一克斯

Ⓑ 這到是新鮮事!

Now that's news!
惱　　類茲　　紐斯

track 163

 住手

住手！
Stop it!
司踏不 一特

●急用會話●

Ⓐ 給我！

Give it to me.

寄 一特 兔 密

Ⓑ 住手！

Stop it!

司踏不 一特

• •

Ⓐ 你們快住手！

Stop it, you guys!

司踏不 一特 優 蓋斯

Ⓑ 什麼？我們什麼都沒有做！

What? We did nothing.

華特 屋依 低 那性

別期望自己

別看我！
Don't look at me.
動特 路克 ㄟ 密

● 急用會話 ●

Ⓐ 我能仰賴你幫我去那裡嗎？

Can I count on you to be there for me?
肯 愛 考特 忘 優 兔 逼 淚兒 佛 密

Ⓑ 別看我！

Don't look at me.
動特 路克 ㄟ 密

Ⓐ 這是誰做的？

Who did this?
乎 低 利斯

Ⓑ 別看我！

Don't look at me.
動特 路克 ㄟ 密

track 164

急用
例句 美夢成真

我的美夢成真。

My dreams come true.

買　住咪斯　康　楚

●急用會話●

Ⓐ 我很高興你成功了！

I am glad you made it.

愛 M 葛雷得 優　妹得 一特

Ⓑ 我的美夢成真。

My dreams come true.

買　住咪斯　康　楚

· · · · · · · · · · · · · · · · · · · ·

Ⓐ 你想證明什麼？

What are you trying to prove?

華特　阿 優　踹引 兔　埔夫

Ⓑ 我的美夢成真。

My dreams come true.

買　住咪斯　康　楚

3
4
6

計畫

你的計畫是什麼？
What's your plan?
華資　幼兒　不蘭

●急用會話●

Ⓐ 我們有麻煩了！

We have trouble here.
屋依　黑夫　插伯　ㄏㄧ爾

Ⓑ 你的計畫是什麼？

What's your plan?
華資　幼兒　不蘭

• • • • • • • • • • • • • • • • • •

Ⓐ 從一開始我就持反對態度。

I don't agree with it from the start.
愛　動特　阿鬼　位斯　一特　防　勒　司打

Ⓑ 你的計畫是什麼？

What's your plan?
華資　幼兒　不蘭

track 165

 亂成一團

這裡真亂。

What a mess here.

華特 ㄜ 密司 ㄏㄧㄦ

● 急用會話 ●

Ⓐ 這是誰做的？

Who did this?

乎　低　利斯

Ⓑ 這裡真亂。

What a mess here.

華特 ㄜ 密司 ㄏㄧㄦ

• •

Ⓐ 你看一下！

Have a look.

黑夫 ㄜ 路克

Ⓑ 哇…這裡真亂。

Wow..., what a mess here.

哇　　華特 ㄜ 密司 ㄏㄧㄦ

我是英語
會話王

I am English Conversation King

彷彿置身在英美語系國家，
帶領您進入母語人士在各種場合中的對話！

從家裡、煮菜、餐廳點餐、購物中心、
百貨公司、辦公室商語、運動、
喝下午茶、飯店、觀光…等，
徜徉多采多姿的外國生活。

永續圖書
線上購物網

www.foreverbooks.com.tw

◆ 加入會員即享活動及會員折扣。

◆ 每月均有優惠活動，期期不同。

◆ 新加入會員三天內訂購書籍不限本數金額，

　即贈送精選書籍一本。（依網站標示為主）

專業圖書發行、書局經銷、圖書出版

永續圖書總代理：
五觀藝術出版社、培育文化、棋茵出版社、犬拓文化、讀
品文化、雅典文化、大億文化、璞申文化、智學堂文化、
語言鳥文化

活動期內，永續圖書將保留變更或終止該活動之權利及最終決定權。